T0059844

Las niñas del naranjel

GABRIELA
CABEZÓN CÁMARA

Las niñas del naranjel

RANDOM HOUSE

Papel certificado por el Forest Stewardship Council®

Primera edición: noviembre de 2023

Printed in Spain – Impreso en España

ISBN: 978-84-397-4263-0
Depósito legal: B-15.730-2023

Impreso en Unigraf (Móstoles, Madrid)

RH 4 2 6 3 0

Para Abril Schaerer

Para María Moreno

Para la manada del amor

1

Tía querida:

Soy inocente y tan a imagen y semejanza de Dios como cualquiera, como todos, no obstante haber sido grumete, tendero y soldado, más antes —antes— niñita en tu falda. "Hija", "hijita", llamábasme y ni aun hoy, creo, ni aun con mis hombros militares ni con mi bigotillo ni con mis callosas manos armadas de espada llamaríasme de modo otro. Tía, te diría si pudiera, ¿vives aún? Yo así lo creo y creo que me esperas para heredarme lo que es tuyo, lo que fue nuestro, ese convento de San Sebastián el Antiguo que mandó a construir tu abuelo, el padre del padre de mi padre, el marqués don Sebastián Erauso y Pérez Errázuriz de Donostia. Dáselo a otra y, te lo ruego, sigue leyéndome.

Has de saber que he aprendido a contar historias y llevo cosas de acá para allá, soy arriero; te sorprendo, ¿verdad? Y canto y, si es menester, cazo en el camino y llego, entrego mi carga que no es mía, es siempre de otro la carga del arriero, y cobro mis reales y vuélvome a hacer lo que prefiero: contemplo los árboles y las lianas, ramas flexibles y largas raíces del aire, se hacen red a la manera de los pescadores o no, no, más bien a la de las arañas, de una multitud de arañas que pusiéranse a tejer las unas arriba y abajo y adentro de las otras, ay, verdes e inmensas y trémulas, tan trémulas como todo lo que vive, mi adorada, como vos y yo las plantas, y también sus lagartos y la selva entera que, tengo que contártelo hasta que lo entiendas, es un animal hecho de muchos. Para atravesarla no es posible andar al modo de las personas; no hay caminos ni líneas rectas, la selva te hace su arcilla, te forma con forma de sí misma y ya vuelas insecto, ya saltas mono, y ya reptas serpiente. Estás viendo que no es tan raro que yo, que fui tu niña amada, sea hoy, si quieres, tu primogénito americano: no ya la priora que soñaste, ni el noble fruto de la noble simiente de nuestra estirpe, tu niña es un respetado arriero, un hombre de paz. Y, en la selva, un animalito de dos, tres o cuatro patas junto a los otros, los que son míos y suyo soy, un animalito al fin que sube y que baja y trepa y rodea y salta y se cuelga de las lianas y se embriaga del perfume venenoso de las trepadoras voraces y las flores diminutas de pétalos tan frágiles que apenas resisten la más leve brisa, que se doblan bajo el peso de las gotas, todo está siempre goteando aquí, y de las mariposas que tienen, te gustaría tanto verlas, el tamaño del puño de un hombre grande, más grandes que mis manos son, más grandes que mis manos de soldado, tía, ¿sabrás que me han hecho alférez y me han dado medallas? Pero eso no fue en la selva

—¿Con quién hablás, vos, che, Yvypo Amboae?

—Antonio. He venido de tierras lejanas. No extrañas. Extrañas son éstas. Y no hablaba, escribía, Mitãkuña.

—No, che. Extraña vos. Todo el día reñe'ẽ, reñe'ẽ, hablando vos, solo, che.

—¿Mba'érepa?

—¿Qué dices, Michĩ?

—Que por qué, te pregunta, por qué hablás solo vos, che.

—Le estoy escribiendo una carta a mi tía. Mirad, ésta es la pluma, ésta la tinta y estas de aquí son las palabras. ¿Queréis que os lea?

—Te vengo escuchando hace horas a vos. Mentiras decís a tu tía. ¿Dónde es tu tía?

—Lejos, en España. Cállate un ratito, Mitãkuña, déjame seguir escribiendo: eso no fue en esta selva...

... esa historia te la cuento luego, tía. Ahora déjame que sígate contando de los perfumes de la selva que son fuertes, alcoholes de soldado son, aguardientes de pueblo, y las otras flores, las enormes y carnosas y carnívoras, casi bestias; aquí en la selva los animales florecen y las plantas muerden y, creo, creo haberlas visto, júrotelo, caminan a veces y saltan, las lianas saltan; todo acá borbotea, porque el bosque cruje, bien lo sabes, te recuerdo atenta a la presencia del zorro por el crujir leve de las hojitas de tu bosque y a la del oso por el crujir pesado de las ramas y los troncos, cruje, el bosque, pero la selva no, la selva borbotea llena de ojos: la vida le crece como les crece la lava a los volcanes y la lava fuera árboles y pájaros y hongos y monos y coatíes y cocos y serpientes y helechos y yacarés y tigres y lapachos y peces y víboras y palmitos y ríos y hojas de palmas y todas las otras cosas que hay que son mezclas de estas principales.

La selva es un volcán, tía, un volcán en erupción eterna y lenta, lentísima, una erupción que no mata, que hace nacer verde y late verde borboteando agua aquí en el suelo de mi bosque que de mío nada, más bien soy suyo yo, y de bosque menos aún, nada de nada, tía: selva, selva feroz esta mía semejante a las ajenas que me contabas, sí, pero debieras verla, olerla debieras y la harías tuya y te harías de ella como me hice yo y, ah, si le tocaras los tallos y los pétalos y las hojas gigantes y las alimañas peludas y los colores, porque aquí se tocan los colores, qué pálido tu arcoíris donostiarro, fantasmal en la bruma fría, pero aquí no, acá son de carne los colores porque todo es de carne en esta selva donde moro en compañía de mis animales y mis siervos que son míos igual que fui tuya y tuyo y del bosque nuestro en la nuestra Donostia cuando yo mozuela, mi más querida.

—Yvy mombyry, lejos. No te va a escuchar, che. ¿Qué es tía?

—No me escucha ahora, me leerá cuando le llegue mi carta, Mitãkuña.

—¿Mba'érepa?

—Mira, Michĩ: estos dibujos son las palabras, viajarán en un barco, en un caballo y llegarán a sus manos algún día. Una tía es la hermana de tu padre o de tu madre.

—¿Mba'érepa?

—¿Y ahora qué pregunta?

—Por qué te pregunta.

—Por qué qué.

—Por qué tu tía es la hermana de mi padre o de mi madre.

—No, no, es la hermana de un padre o de una madre.

—¿Mba'érepa?

—Porque son hermanos. ¿Queréis naranjas?

—¿Qué son las naranjas, che, Yvypo Amboae?

—Unos frutos dulces y ácidos, naranjas como las alas de esa mariposa.

—Pindós son, che.

—No, Mitãkuña. Las naranjas tienen el tamaño de mi puño.

—¿Mba'érepa?

—Porque sí, Michĩ, porque son así, como tú eres pequeña y tienes dos ojos. Vamos.

—Nahániri.

—Que no, te está diciendo, che.

—¿Y por qué?

—Por qué qué.

—Por qué no.

—Porque no quiere.

—Mira, los monitos vendrán en mi espalda, el caballito ha de caminar. ¿Quieres ir en el caballo grande, Michĩ?

—Nahániri.

—Pues entonces has de ir en mi espalda. Si apenas tienes fuerza para respirar y para decir dos palabras.

—¿Mba'érepa naranjas?

—¡Has aprendido una nueva palabra, Michĩ! Porque se lo he prometido a la Virgen. Han de preguntarme quién y qué es una Virgen. Vale, vale. No vamos a ningún lado. Quedaos aquí, cuídala, tú, Mitãkuña, que eres la mayor. La yegua y el potrillo han de quedarse a protegeros, no os preocupéis. He de ir con los monitos y tu perra a buscar las naranjas y más luego, mientras comamos, he de contaros todo sobre la Señora. La Virgen, quiero decir.

Marchan: los monos agarrados a la espalda de Antonio con la poca fuerza que les queda. La perrita

Roja a los saltos, a veces hundiéndose, tragado su cuerpito rojizo por las matas verdes y brillantes de helechos, a veces volando marrón sobre marrón sobre las raíces enormes o en el tejido apretado de las lianas. Los caballos, trabados cada dos trancos por la maraña. Antonio, lentamente, abriéndose camino con la espada, con miedo de que se le desafile. Se le desafila.

No encuentran naranjeles, hay palmeras y palmeras, largas y flexibles, y palos santos muy altos y animales de los que solo oye el ruido que hace el follaje cuando se separa o se reúne por sus pasos. Algún canto, algún gruñido. Vuelven. La Roja con la lengua afuera y Antonio con los monitos en los brazos: ya no pueden sostenerse en su espalda. Los mosquitos los pican y los pican hasta que dejan de sentirlos. En el centro de la capa que les puso en el suelo duermen las niñas. La yegua y el potrillo las escoltan de pie, con las cabezas inclinadas hacia ellas. Apoya a los monitos cerca de las niñas. Se despiertan un poco, se sientan y también las miran. Tan pequeñitas, con las costillas sobresalientes, los bracitos que parecen hechos de palos de tan flacas que están. Las caritas angulosas del hambre. Los ojos enormes, de cuencas filosas, fantasmales. Son dos esqueletitos cubiertos de piel que respiran con esfuerzo. La mayor le llega a Antonio a la mitad del muslo. La menor, a las rodillas. Una estrella de estela amarilla y enorme los protege a todos con una luz naranja y azul. Antonio la toma por buen agüero: tal vez anuncie un renacimiento. Lo están necesitando. Él también. Está agotado. Su cuerpo sometido al ritmo de otros.

Ya no recuerda por qué las está cuidando. Tienen su gracia, pero mejor estaría sin ellas: podría escribir sin interrupciones. Irse cuando se le ocurriera. Comer cuando le diera hambre. Dormir la noche entera. Apenas vea a un indio se las entrega. Por qué tendría que arriesgar su cuello por unas niñas y unos monos y unos caballos y una perrita. Y una espada, pero de esto se olvida. También de que el cuello ya lo tenía en riesgo antes. Lo de las indiecitas se lo prometió a su Virgen del naranjel. Hace muy poco que salvó su vida por un sueño y por un canto: por un pelo. Fue la Señora. Tal vez. No está tan seguro de creer ahora. Tampoco de no creer. Y, muchísimo menos, de no volver a necesitar a su Virgen. Así que mejor le sigue cumpliendo, que empezó con mala pata. Le falló dos veces. En dos jornadas. Sólo tiene que seguir dándoles de beber a las niñas. Y escribirle a su tía. No es tanto. Seguiría pensando si a los mosquitos no se les hubieran sumado las barigüís, que más que picar, muerden. Mejor hace un fuego. Y un refugio. Con la espada del capitán corta las hojas de palma y enseguida las enreda entre las lianas y el tronco del palo santo. Es el árbol más alto de por acá. Lo eligió para poder encontrarlo fácil. Además, está rodeado de palmeras. Se puede caminar un poco. Y algo se ve. No está mal la choza de palmas. El fuego lo hace adentro. A ver si dejan de picarlo. Coloca niñas y monos cerca de la lumbre. La perrita se suma. Los caballos se quedan parados, comiendo helechos y meneando las colas, demasiado cortas para ahuyentar a los mosquitos y a las barigüís. Nada alcanza. Las dos ramas del palo santo llenan todo de un perfume dulce. Es hermoso. Enseguida tose: demasiado humo. Mejor busca leña seca. Antes, relee lo que le escribió a la tía. Ve que es bueno. Se para cantando.

—*Todas las quiere comer...*

No sabía que le gustaba tanto la selva ni que guardara algún cariño por su tía. Ni que fuera arriero.

—*Cieguecito, cieguecito...*

Pero siente una piedra en la garganta: tal vez haya algo de cierto en lo que escribe. Como que la selva tiene su encanto, la priora sus buenos recuerdos y está llevando una carga para entregar.

—*Si una naranja me dier...*

Está contento. Hace dos días, en cambio, estaba ensimismado, casi todo metido en un pliegue de sí. Sentía terror. De que lo tapara la mierda antes de que la soga le cortara el aliento. De que lo enterraran sucio y en harapos. De resucitar, así, en cuerpo y alma menesteroso.

2

Desde el punto de vista del jote, el cuartel es un banquete. En la parte más alta de la barranca junto al río. Rodeado por unas construcciones dispuestas en dos líneas rectas y enfrentadas. La capilla castrense, la casa del obispo, la del capitán general y las cuadras de los soldados. Del otro lado, los depósitos de municiones, las barracas donde hacinan a los indios separados por sexos, el almacén, los calabozos. Lo atractivo, lo que huele delicioso, es lo del medio, la enorme plaza pelada, de unos doscientos pasos de lado, lo único sin árboles en horas de vuelo. El cuartel es un claro de tierra resquebrajándose al sol. Una bandeja servida. La de la hoguera y, especialmente, al jote no le interesan las cenizas ni los huesos, el patíbulo. El hombre —cara trazada de cicatrices, labios finos, cabeza casi pegada al torso, espalda fuerte aunque un poco cargada, manos callosas y regordetas, piernas cortas y nariz aguileña— no sabía del ave que volaba sobre el cuartel del mismo modo en que él caminaría hacia una fonda. Si pudiera. Desde la celda, lo que se ve es la plaza, la hoguera que se estaba apagando esa tarde de lluvia. Y el patíbulo como única salida. Antonio sufría. Un caballero español no puede morir así, como un mendigo miserable, sin una espada de gala, sin un jubón de seda. ¿Qué destino le cabría a cualquiera en el más allá de presentarse con esa facha? Porque además de ser, hay que parecer. Así en la tierra como en el cielo. ¿Y qué iba a ser de él, que ni para retrete de siervo estaba? Sólo saldría de esa mazmorra para caminar a la horca previa confesión. Le dolía todo: los grilletes en las muñecas y en los tobillos. Los reos que lo acompañaban. Puros campesinos brutos, rústicos asquerosos. Las hilachas de tejidos baratos que los cubrían. El temblor de las oraciones mal habladas. Los insultos que vociferaban. Y esos llantos de niñitas. La humillación de morir en la misma lista que esas bestias. Los ruidos. Cada uno: los pedos, los ronquidos, los sollozos. Y, más lejos, los gritos militares, el ajetreo de los soldados. Remotos, los graznidos de los pájaros. Los rugidos de los yaguaretés. La estridencia de los insectos. El ritmo de los sapos. El leve surco en el aire que hacía el jote arriba. La bajante del río. Estaba casi todo metido en un pliegue y estaba siendo, entero, una herida lacerante. Lastimado hasta por el aire, hasta por la voz más suave, auscultaba cada instante en busca de una puerta. Un silencio lo sacó de sí y lo arrojó al mundo. La esperanza le anestesió el dolor: ¿qué era ese alarido mudo? ¡Hielo ardiente! Y se arrimó a las rejas.

Entonces los vio. Los indios. Atados. Rodeados

de sables, arcabuces y antorchas. Temían la hoguera. Y al obispo que bendecía la carne podrida que iban a meterles en la boca. Carne de las vacas que esos mismos indios habían matado una semana atrás. No aclaró el prelado que pudieron haberlas matado otros indios: son todos iguales. Tal vez habían sido los que estaban ahí atados. Tal vez no. Nada en su efigie esquelética hacía suponer asados recientes. Pero el pavor era de ellos. Si abrían la boca, morirían de indigestión. O de asco. Y si no, los revolearían a la pira enorme que volvían a prender. Por las dudas. Y porque se les estaba apagando. Torrencial, la lluvia. La hoguera también, siempre comiéndose árboles y gentes. Es el fuego de Dios, dicen todos, y deben tener razón porque es la pena de herejes, indios y judíos. Hace poco encontraron a uno acá nomás. Estaba en su casa, rodeado de candelabros, cantando quién sabe qué en su lengua endemoniada de asesino de Cristo. Los quemaron a él, a sus diez hijos y a su mujer. Fue un circo. Todo el pueblo fue a verlos arder. A los indios no. Hay un montón. Y los queman todos los días.

Se derretían, los indios. ¡Qué espectáculo! Antonio se había olvidado de la celda, del cadalso, de sus compañeros apestosos, del miedo a morir cual villano. El obispo y el capitán deliberaban gravemente frente a la hoguera. No se ponían de acuerdo hasta que se resignaron. Concluyeron que no sería posible encender uno por uno, o de a dos o de a tres, según indica el procedimiento y se acostumbra. Si con el calor nomás se fundían. Estaban todos pegoteados. Había que levantarlos por los bordes y ponerles el fuego abajo. Era urgente:

—Se nos escapan, monseñor. Nunca puédese uno estar seguro de haberlos terminado de matar. Dios me perdone, su ilustrísima, empero no puedo dejar de ver que siempre les queda algo vivo, uno dales caña y caña mas un resto de indios vuelve a alzarse, ¡jolines!

Cien soldados empezaron a mover los troncos. Algunos se incendiaron las manos y en vez de apagarlas, tizones convencidos, se arrojaron a la laguna rosada, cerosa, de esqueletos blancos como árboles yertos en un salitral. No quedaba nada más. Los españoles eran los que ardían. Le dieron fuego al fuego con sus cuerpos y evitaron que se apagara la hoguera con tanto movimiento. Crepitaban. Se quemaban mucho mejor que los indios. El capitán tomó nota mental de la buena combustión de sus soldados; podría darse el caso de que alguna vez se quedara más corto de leña que de hombres.

—Valientes guerreros de Cristo.

Le comentó el obispo al capitán y les mejoró el ánimo. El prelado les cantaba extremaunciones agitando su mano derecha hacia la pira con su sonrisa piraña, el pie izquierdo dando un grácil pasito y sus carnes ondeándose bajo las ropas bordadas de piedras y de oro. Mecido por los remolinos de brisa caliente que hacían las llamas, decidió una extremaunción general:

—Ut a peccatis liberatum te salvet atque propitius allevet. Amén, amén, amén, amén para todos y cada uno, hijos míos.

El capitán, bajo y fuerte y recto como una estaca, les arrojaba medallas de plata con cintas rojas y amarillas y blancas y aullaba ascensos post mortem:

—Vaya con Dios, alférez Diéguez, que Dios lo acoja en su gloria, sargento Rivero, sea pronta su resurrección capitán Bermúdez. Mis queridos, mis valientes soldados.

Los arrullaba en la muerte con el pecho encendido. Estaba emocionado el capitán general. Lentamente se calló. No sabía cuántos ascensos post mortem podía otorgar por año ni cuántos había otorgado ya ni cuántos había disponibles, en caso de haber alguno. A ver: era que tenía un total de mil por año y había otorgado ya ochocientos. O eran mil por lustro. O por década. Algo de mil era. Él había despilfarrado cientos, de eso estaba seguro, cuando el Levantamiento de los Cimarrones y cuando la Revuelta de los Nietos Incas. Unos cientos: no recordaba cuántos, pero le volvía la imagen del pobre Fernández perdiendo la esbeltez y su porte de soldado, la espalda doblada años sobre el escritorio reclamándole al gobernador, al virrey y al rey por las pensiones. Pobre Fernández. Y pobres viudas y huérfanos que han de estar aún reclamando lo suyo. Entonces eran mil y había dado ochocientos. O eran ochocientos y había dado mil. Qué importancia tenía todo eso si de todos modos no les iban a pagar ni un doblón. Sí que importaba: un militar debe ser mesurado y justo. Entonces, ochocientos y mil. O setecientos y novecientos treinta y uno. Se le enredaban los números y el pensamiento. Y no le podía preguntar a nadie porque su secretario también estaba en llamas. No entendía por qué se había arrojado Fernández. No era un hombre de fe. El capitán sospechaba desde siempre que ni era católico viejo ni se llamaba Fernández. Pero era un buen secretario, así que no reparó en minucias. Dios ama a aquellos que trabajan denodadamente por la proclamación en todo el orbe de la Buena Nueva, el Nacimiento, la Muerte y la Resurrección de Su Hijo, se dijo y se quedó tranquilo. Qué le habría dado a Fernández por el fuego. La tibia dulzura que los soldados tizón habían prendido en su corazón se apagó de golpe: ¿con permiso de quién se inmoló Fernández? No sabía cuál era el próximo paso que debía dar para hacer cumplir su voluntad. Ni estaba tan seguro ya de cuál era su voluntad, pero todavía sostenía la mirada llena de fuerza. Contrariado y en silencio, quedó salticando en el lugar como un trompo lento de armadura argéntea. El idiota de Fernández en la hoguera. Un huevo frito, una polilla tonta pegada a la llama, una piña sin olor a pino, una nada Fernández quemándose en un fuego que no lo necesitaba para arder. En cambio, él, su superior, su capitán general, lo necesitaba para saber qué hacer con sus propias palabras que bien lo sabían, él y Fernández y todos los demás, caen en el mundo con el peso de la ley y de la fuerza. Y no se pueden olvidar tan fácilmente como las palabras de toda esa chusma inútil que se quema o es ahorcada cada jornada mientras dicen cualquier cosa porque, total, a quién le importa. Siempre podía otorgar tierras, es cierto, pero qué tierras útiles quedaban sin conquistar, ni qué ganas tenía él de conquistar nada. Harto de tierra y oro estaba y sólo deseaba dejar atrás este mundo salvaje. Y para dónde iría y con permiso de quién. Y por qué tanta molestia, después de todo, por unos degenerados muertos de hambre con un hambre de muchas vidas, de padres y abuelos, de tatarabuelos y choznos. Unos idiotas sin pan y sin dientes sus hombres. Unos acostumbrados al hambre. Lo asombró otra vez la conquista del Mundo Nuevo. La proeza hecha por un puñado de desnutridos que ni obedecer ni esperar una orden sabían, y se arrojaban a las llamas sin que uno, fruto de generaciones y generaciones de gentes bien comidas y bien vividas, les diera permiso. Martirio y desobediencia, pensó el capitán. Los ojos se le inflamaron y detuvo su trompo y dejó de escuchar y de oler y casi de ver.

El obispo, un querubín enorme, inclinó los rulos rubios que le aureolaban la cara rosada y buscó los ojos del capitán. No quería perder al único otro gentilhombre, creía él, de todo el cuartel, capaz de cantar nanas en vascuence a la noche bien tarde, después de los vinos, cuando le daba la tristeza de estar tan lejos. Este brindis extraordinario —a la luz del sol, ante la hoguera— rescató al capitán de su letargo. Aliviado por la invitación que lo sacaba de sus cuentas imposibles, ¿cuántos ascensos había dado, por Jesucristo?, el militar respondió con euforia, casi volando, arrancado por Baco del laberinto pantanoso de la burocracia del imperio. Tan retorcida que parece inventada por bufarrones escribientes sólo para debilitar la viril administración de la fuerza y la justicia de un militar, de un capitán, un hombre noble. Decidió dejar la cuestión de la burocracia para después. Ya habría de buscarse otro secretario. Algún afeminado que gozara con los remilgamientos de las leyes y las normas y los artículos y las excepciones y las prebendas para que hiciera bien hechas las cuentas. O, mejor, habría de tener una larga plática con el obispo para preguntarle qué ha de pesar más en el juicio de Dios —y de los hombres, el único que le interesaba— sobre los soldados tizón; si martirio o desobediencia y si sería Su voluntad que un capitán general cumpliera con la palabra dada a soldados insubordinados aun siendo estos mártires. Si es que podía haber insubordinación y martirio a la vez. ¿O no quería Dios, el Señor de los Ejércitos, que hubiera capitanes y soldados, que unos den las órdenes y otros las obedezcan? Después, mejor después, sonrió, se metió un poco de vino en la boca y otro poco más y renació la fuerza conquistadora de su cuerpo y con toda ella volvió a chocar cáliz con cáliz. El oro hizo clin y las piedras clan. El vino se volcó sobre la cara del obispo que se rio morado. Una indiecita hasta ese momento inexistente nació del aire con un lienzo blanco en una mano y un cuenco lleno de agua en la otra. Diez pequeños esqueléticos corrieron a servirles más cuidando que no se les derramara una gota sobre los trajes señoriales. Uno se tropezó y manchó la pechera militar. El obispo se animó: en un solo gesto —roja su cara de angelito, veloz su zarpazo de rayo— lo arrojó al fuego con sus manos. Gritó y se quemó.

—¡Joder! ¡Un bautizado, colega!

—Loado sea el Señor, querido obispo.

3

Imagínote, tía: blanca tu cabellera espléndida que, por la noche, cuando liberábasla de la toca negra, iluminaba la celda entera como el estrellerío de un manantial de montaña despeñándose sobre un bosque. Tus ojitos de cielo de invierno vizcaíno, de un azul severo, la nariz fuerte y tu piel pálida de luz del norte. Ya ves que recuérdote, querida; no sabes cuánto. Habrás de estar muy arrugada y serán bellos esos pliegues y señoriales y también tus espaldas recias de priora, que son las mías de arriero. Te veo leyéndome arropada en la ventanita de tu rincón del refectorio, cerca del fuego, como cuando niña yo en tu falda, empero ahora servida por tus novicias nuevas, que un pintxo con un chiquito, que unas guindillas, madre, que el breviario que ya es hora de maitines, hijas.

Un chiquito más, tía, toma conmigo y sigo contándote. Que valga esta carta mía por confesión. Y como acto de contrición: aunque soy inocente, los crímenes míos son muchos, tantos que estoy en la certeza de que han de depararte dolor grande. Mas confío en que también ha de depararte alegría saber de mí y que no te he olvidado. Y has de saber que me arrepiento,

—¿Cómo son tus naranjas?

—Como de este tamaño, Mitãkuña. Con cáscara gruesa. Hechas de gajos. Cada gajo tiene pequeños sacos cristalinos llenos de un agua riquísima. Y algunas semillas.

—¿Mba'érepa?

—Semillas porque son frutos y los frutos portan semillas. Gajos, porque sí. Algunos frutos son de gajos y otros no, del mismo modo que algunos árboles son rectos y otros torcidos, ¿comprendes, Michĩ?

—¿Querés buscar tus naranjas vos, che?

—Pues sí que ésa es buena idea. Iremos pronto. Déjame escribir un poco más.

... me arrepiento, tía, soy otro. De todos ellos, los míos crímenes, hay uno, haberte abandonado, que sólo tú me puedes perdonar. De los demás, tal vez Dios Nuestro Señor, en su infinita misericordia, quiera absolverme. La selva ya lo ha hecho, lo sé. Ha de ser larga esta carta.

La memoria tramposa es y contraria a la velocidad: no se prodiga al que huye, se place en faltarle al que vive mintiendo y cambiando de nombres, de gentes, de naciones. Pregúntome cómo será para ti que has vivido siempre sobre el mismo suelo, con las mismas gentes, las mismas ceremonias lentas día tras día y los mismos árboles que crecen del mismo parsimonioso modo. ¿Se habrán atado tus recuerdos a las ramas del nogal que plantamos juntas? Crecido habrán los recuerdos y las ramas, las frutas y las hojas, tan bellos y morosos ellos como la copa redonda hacia el cielo y el tronco enraizado quién podría saber hasta dónde, querida

—Che.
—No.

… así, leves y graves y frágiles y fuertes al modo del árbol seguirán siendo tus horas, tía, más o menos iguales entre sí como han de ser las nueces que nacen en primavera y se cosechan en otoño, empero, lo sé, no son completamente iguales: tienen pequeñas diferencias y ellas han de ser vertiginosas y enormes, una tormenta en altamar para quienes viven sus vidas atentos a los sutiles signos de los ciclos constantes, a la ínfima infinitud de las formas de lo siempre igual: tal vez toda vida haya sido provista con una cantidad de vértigo y a cada una le sea dado usarla de modos distintos. O tal vez no; tampoco nos es dada la misma cantidad de crímenes. Ay, me tiembla la mano, querida, he volcado el tintero en el intento de poner la palabra primera de la larga relación de los míos; no me fueron dados, cometílos yo. Saber de mí quizás sea para vos gran tormenta, y amenácete con zozobras mortales en tus horas de oración. Orarás por mí, ¿verdad? Hazlo, te lo ruego, ténme piedad.

Me creció el aliento de fuga como las raicitas a las nueces que, amorosamente, guardaste en Nochebuena para más luego, para el Nacimiento, cuarenta años atrás, intentando calmar mi llanto de niñita y, claro, lo lograste: hubiera yo querido estar en mi casa, sabíaslo, era muy tierna mi edad y ya había sido separada de mi madre, de mi caballito bayo, de mis hermanos y sus juegos militares, de la lumbre del hogar en mi cocina. Nada de eso era mío mas no podía saberlo a mis cuatro años. Me sentaste en tu falda, me enjugaste las lágrimas, me mostraste una nuez y les prometiste un árbol a mis ojos azorados. Cumpliste.

—Che, señor.
—Antonio. Cállate, por favor, Mitãkuña.

... Al día siguiente, en el banquete de Navidad, tenías tres nueces en tu mano. Una de ellas, tal vez todas, iba a ser un árbol, me dijiste. Que el árbol estaba todo entero en la nuez, que sólo había que darle humedad y paz, que ya vería. Rompiste uno de los extremos de la cáscara con un martillito. Le echaste unas gotas de agua por el agujero. Tomaste un pedazo de lienzo, lo mojaste en el cuenco y envolviste la nuez. Me ayudaste a hacer lo mismo con las otras dos. Las guardamos en un rincón de la bodega. Fuimos a buscar tierra de hoja al pinar del convento. Mis manitas recogíanla emocionadas, preñadas de ansias de arbolito, de dar a luz. Temblaba, tía, el día en que llegamos y dos de las nueces habían echado raíz: una colita de ratón era pero blanca y con la punta muy puntiaguda. Eso me dijiste y aún recuérdolo. Maravillada, sólo pude susurrarte, se me hacía que no se podía hablar en voz alta frente al milagro de la nuez. Supe, tan niña, que estaba viendo lo sagrado, la vida brotando, lo que estaba constreñido en un punto único desplegándose todo en infinitos.

Así pasóme a mí, como a la nuez: estaba todo yo mismo en mí misma del mismo modo que el árbol nuevo está en el fruto del árbol viejo. Así me creció el deseo de fuga, el de andar por el mundo, una raicita que se fue haciendo tallo y ramitas y hojas y copa redonda, igual que me crecieron las piernas y los pelos y, ay, los pechos. Inocente mi cuerpo, inocentes la nuez y el árbol que de la nuez nació y creció e inocentes los pájaros que en él, con él, viven y la sombra bajo la que tal vez te ampares alguna tarde de verano y que seguramente ampara a las ovejas, a los cerdos, a la vaquita de la leche y tus natillas. Y a las nueces. ¿Me entiendes? Creo que sí. Recuerdo cómo vibrabas, tía, estremecíase el cuerpo tuyo cuando me contabas cuentos de hombres, porque también me contabas de Dios y santos y ángeles y vírgenes pero vibrar, tu cuerpo, sólo sintiólo mi cabecita en tu falda con los de los hombres, con los del Nuevo Mundo, la América y sus almas inocentes también pero condenadas.

—Che, vos.

La niña le habla muy bajo. Antonio la ignora y sigue con lo suyo. Escribirle a la tía es como dejarse caer sobre una tabla por una ladera suave cubierta de nieve. Le da un vértigo dulce, quiere quedarse ahí.

—Che, Antonio.

En ese recuerdo cálido. Tener un solo nombre y no guardar más secreto que las ganas de irse. De andar de acá para allá, en barcos, en carretas, caminando o galopando. Conocer gentes y tierras nuevas, mares enormes, montañas altísimas. Hacer amigos. Conquistar mundos para gloria de su rey. Nadar con delfines. Encontrar tesoros. Trepar árboles. Comer frutos deliciosos. Despertarse a la hora que se le ocurra. No tener que obedecer a nadie, ni ser castigado, ni pasarse los días encerrado y rezando con los ojos en el suelo. El mono más grande grita. La perrita ladra. Los caballos se alejan. No sabe dónde habrá caído la pluma que sostenía en la mano, soñador, hasta hace un instante.

—Che, vos.

Escucha el cascabel. Una sierpe. Qué suerte que tiene la espada al alcance de la mano. Perdió un poco de filo pero es mejor que nada. Se para armado y golpea la tierra con los pies. Escucha. Silencio, apenas los gruñidos de la perra que poco a poco se calma. Los caballos vuelven. Quiere seguir escribiendo. Necesita dejar a las niñas en un lugar seguro. El árbol. Las envuelve en la capa, la menor está tan débil que debe sostenerle la cabecita con el tejido. Mete a los monos también, se los ata a la espalda y trepa. Los apoya sobre un amasijo de ramas con forma de nido y sujeta la capa a la rama más firme. Se queda sentado con ellos. Un africano le contó de sierpes enormes. De una que se había tragado un elefante. Parecía un sombrero, le dijo. Para tragarse a sus huestes no es necesaria una gigante. Cualquier víbora se puede desayunar a los monos y a las niñas.

Siente que, mientras escriba, estarán a salvo. Mientras le dé el cuerpo para sostener la cabeza, la espalda, la mano, los ojos. Teme, también. Le pesan hasta las pestañas. Escucha a la yegua. Resopla. Es magnífica. Toda luz, sus músculos parecen de bronce y a la vez es tan elástica. La cabalgadura digna de un gran caballero, de un guerrero heroico. Y, además, tierna. Amamanta a su potrillo pacientemente. Y lo acaricia con el morro, lo lame, vigila su sueño. ¿Querrá amamantar a las niñas? ¿Cuánto tiempo estuvo escribiendo? ¿Estarán vivas todavía? Deja la pluma. Trepa. Llega. Siente sus respiraciones débiles pero acompasadas. Están tranquilas. No tienen hambre. Decide quedarse un rato ahí arriba del árbol, junto al nido. Es un pajarraco que no trina, oye. El rumor de la selva no se interrumpe. Es uno solo pero hecho de miles de voces. Cada una siguiendo su canto singular. Entiende que la selva es, también, esto que está escuchando. ¿Qué? ¿Una conversación enorme? No sólo el montón de árboles y animales sino algo inmaterial entre ellos. Una relación. O muchas. Cree que si se acercaran hombres lo sabría. La urraca chillaría, otras aves batirían el aire y las ramas en la huida, otras harían silencio. Cree que si escucha están a salvo. Que si escribe, como le prometió a su Virgen, y se confiesa y se arrepiente, están a salvo. Así que baja —despacio, despacio, está agotado—, vuelve a sentarse, al lado de la Roja que lo estuvo esperando, y a tomar la pluma al lado del fuego, bajo las palmas. Y se deja caer otra vez hasta la infancia. Tan lejos.

4

Los veía, Antonio, los estaba mirando. Asombrado. No entendía de dónde salía la grasa del humo de los esqueléticos. Mucho menos qué eran esos indios. Llevaba ya más de dos décadas en el Mundo Nuevo y no recordaba nada semejante. Sin embargo, ninguno de sus compañeros ha girado la cabeza hacia el ventanuco.

—¿Habéis visto a los indios?

—Pues pa' qué, siempre es lo mismo.

—Ni morirse como Dios manda saben las bestias.

—Cállate, eunuco, déjame dormir o te ahorco antes que el verdugo.

Por ofensas menores que ésta ha matado. El tipo con sombrero alto que le tapó la vista en la comedia. El infeliz que le dijo cornudo cuando le ganó un truco. El que quiso pasar primero en una curva del camino y lo empujó gritándole "villano". El indiecito que descuartizó porque había matado a su alférez en la Araucanía. Podría seguir contando hombres que se encontraron con su cuchillo o con su espada o su arcabuz, pero dejó la memoria en paz. Ese día no le importaron ni sus muertos ni su honor. Así que se calló y se sentó sobre las cadenas en el piso, un caldo de orines y mierda y escupidas, abrumado por lo que había visto y mucho más por lo que empezó a pensar que no ha visto. Nada. En la víspera de su propia ejecución se preguntó por vez primera si no habría estado ciego todos estos años. Se le enfrió el cuerpo. Tan a oscuras y helado estaba que creyó que ni aun si hubieran roto sus cadenas hubiera sido capaz de moverse. Creyó, también, que así fenecería: en la víspera. Lo distrajo el ruido del cucharón contra la olla y se movió como si no hubiera estado casi muerto hacía un instante. Tenía hambre. El cuerpo lo empujó hacia la puerta con tanto entusiasmo que la certeza de que iba a sobrevivir se apoderó de él y parecía un hombre nuevo cuando por fin llegaron los soldados con la comida y se la dieron caliente y en las manos. Extrañó los cubiertos, no es un animal, pero no protestó. Era asado: las hogueras grandes se disfrutan con largas parrilladas. El olor de las carnes consumidas por el fuego enredándose.

Sentado en el suelo, sosteniendo una costilla larga como una espada, rozado por un rayo de luz lánguida y levemente rojiza que empezaba a apagarse al lado suyo, en la mierda. Hundió su cara en la carne para morder. Se tomó el vaso de vino que el obispo había pedido al capitán les fuera permitido a los reos en el banquete de la magna hoguera del día del Señor. Lo que siguiera podían ser palos antes del cadalso. Salvo que los hubiera apaciguado el arrojo a la hoguera de los soldados mártires de la cristiandad. O el vino. O las indias bautizadas que estarían desfilando a sus habitaciones, arrastradas por las garras de los soldados que servían las intimidades de sus señorías. Miró entre las rejas. El cielo de un naranja que se oscurecía, de un celeste que se azulaba.

Quedó azul, el cielo, preñado de ese amarillo radiante que tiene hasta en la noche la selva de las Misiones. Surcada de ríos inmensos. Tan cerca y tan lejos de los jesuitas, de los portugueses, del océano, del barco que lo sacó de allá. Es un mundo distinto que España. Más distinto aún sería el día siguiente a esa hora. De no suceder un milagro, se vería como los que habían sido ahorcados a la madrugada se veían ahora. Pendiendo de la horca como zapallos de su planta. Sin más semillas que las que pudieran hacer de ellos los gusanos. La aflicción comenzó a ahogarlo y no podía imaginar más que la oscuridad como destino. Deseó con todas sus fuerzas, rezó porque no hubiera nada después de la muerte. De haber algo, estaba muy seguro de que lo suyo no sería el paraíso. La piedra que tenía en su garganta comenzó a disolverse. En agua. Lloraba, Antonio, embargado por una emoción que no entendía. Era la música que había sucedido al asado y él recién notaba. Las voces, que juntas hacían una sola, coral, lo inundaron. Los niños indios. De los niños indios son las voces, el coro que se le está metiendo en el cuerpo como si se le metiera un milagro. Como si alguien lo alumbrara en la noche más oscura. O le mostrara la salida soleada de la tumba. Los niños de estas selvas saben cantar como cantaría, si pudiera cantar, ¿podrá?, una nuez al brotar. Son voces dulces. El aliento de Dios bañando el mundo de una luz pacífica y dorada. Supo que no sólo estaba vivo sino que la vida lo acariciaba con la alegría de los cachorros, de las flores que florecen, del amor puro que se brinda sin pensar, del nacimiento de Cristo. Le pareció sentir su manita suave y gordita agarrándole un dedo. Se enterneció Antonio, le brillaron los ojos oscuros. Estos coros de niños indios los había oído antes. Ahora los escuchaba:

Camina la Virgen pura
de Egipto para Belén
y en la mitad del camino
el Niño tenía sed.

—No pidas agua, mi vida,
no pidas agua mi bien,
que los ríos bajan turbios
y los arroyos también.

Allá arriba, en aquel alto,
hay un viejo naranjel;
un ciego lo está guardando,
¿qué diera el ciego por ver?

—Cieguecito, cieguecito,
si una naranja me dier
para la sed de este niño
un poquito entretener.

—¡Ay, Señora, mi Señora!,
tome usted las que quisier.
La Virgen, como era Virgen,
no cogía más que tres.

El Niño, como era niño,
todas las quiere coger.

Apenas se fue la Virgen,
el ciego comenzó a ver.
—¿Quién ha sido esa señora
que me hizo tanto bien?
—Ha sido la Virgen Pura
que va de Egipto a Belén.

Ciego, un ciego que empezó a ver. Estaba siendo llamado: le cantaban a él. Tenía que ser la Virgen Pura sacándolo de la oscuridad. ¿Podía la Virgen Pura que va de Egipto a Belén hablarles a los indiecitos? Pensó fuerte y se mareó. Recordó su vida en el convento, los catecismos, las misas, los sermones de su tía la priora y concluyó. Podía la Virgen Pura, por qué no. A éstos los habían bautizado. Eran católicos. Se morían como los blancos. El niño que volcó el vino se quemó igual que toda la gente que va a parar a la pira. Y el amor de la Virgen es más grande que el mundo. Respiró aliviado, Antonio. No adivinó al jote arriba, en el azul más azul, el de lo más alto del cielo. Planeaba en círculos, se dejaba estar ahí en las corrientes más calientes del aire en las montañas más altas. El jote olía la cena de Antonio y apreciaba el crac de su mordisco, mas no lo envidiaba. Notaba movimientos en la zona de las horcas. Los soldados dejaban sus guardias para comer también y los muertos se relajaban y se dejaban hamacar por el viento suave. Era lo que estaba esperando el jote, así que movió apenas, nadie hubiera podido notarlo, los dos dedos más largos de su ala izquierda. Descendió despacio, achicando sus círculos. Los otros jotes entendieron el mensaje, hay festín, y empezaron a llegar de todas partes. El descubridor se aterrizó primero sobre el colgado más voluminoso, que se estremeció convertido en un ángel gordo, emplumado, negro y purulento. Un instante después, sus compañeros de muerte sufrieron la misma transformación. Los jotes, en legión golosa, los agitaron como si los quemara el aire. Antonio no se enteró. Otra hubiera sido su noche si hubiera sabido que ése podría ser el futuro de su cuerpo mañana: comida. Y de rapaces.

¿Había estado ciego? ¿Acababa de vivir un milagro como el ciego del naranjel? ¿Y por qué la Virgen le hablaría a él que no era ni virgen ni bueno, que había vivido en el pecado y había sido gran matador y no le regalaría las naranjas a ningún niño muerto de sed? O tal vez sí, por qué no. No recordaba haberle hecho daño a ningún niño. Bueno, a ningún niño bautizado. Bueno, no se puede estar seguro con el mundo infestado de jesuitas bautizando a diestro y siniestro, en selvas y montañas, en desiertos y sabanas, en mares y ríos. Pero bien que podría haberle dado sus naranjas a algún niño. Bautizado o no. Se le iba la cabeza, el coro lo llevaba, y era otra vez una niña en los brazos de su tía. En el convento de Santa María de Donostia. Santa María. La Virgen. Necesitaba hablar con alguien. Alrededor nadie parecía esperar más que la oportunidad de huir. O la muerte: todos se fingían ya yertos. Pero les sentía las respiraciones atentas. Las oraciones rotas. Los globos de los ojos moviéndose abajo de los párpados. Tenían miedo esos reos. Él ya no. Sabía que viviría. ¿Para qué iba a abrirle los ojos la Virgen, si no? No tenía certeza. Podría morir igual con la gracia de un milagro fugaz. El convento. Hacía más de treinta años que se había ido. En sus pesadillas más horribles, retornaba. Jamás le había escrito a nadie. Le prometió a la Virgen una larga, larguísima, carta. Empezó a musitarla:

—Soy inocente y tan a imagen y semejanza de Dios como cualquiera.

No, no. Se trabó. Inocente, inocente no era. Pero inocente del crimen que estaba por llevarlo a la horca sí, así que siguió.

5

Pasaron días apenas, poco más que horas, desde que empezó a pensar la carta a la tía. Pero está entregado al relato como si todo lo que hubiera hecho hasta este momento hubiera tenido como único fin contárselo. Apenas ve su letra. La dibuja lenta, trabajosamente. Ya casi olvidó su promesa y quiere que la carta llegue. Que la tía la lea. Que sepa eso de él, esa vida que fue la suya de algún modo. Apoya la pluma en el tintero y la espalda en el árbol. Aplasta una hormiga tigre que estaba por morderlo. Ni se entera. Cierra los ojos porque está meditando. Esto que escribe es y no es su vida. No es que esté mintiendo. Cómo podría no hacerlo. La está recorriendo otra vez. Elige, claro, qué de esos días que fueron suyos queda en la carta. No entra todo. Y, esto lo sume en la perplejidad, en el relato hay mucho de lo que no había cuando lo estaba viviendo. O algo así, no termina de entenderlo, le escribe en voz alta a la priora:

—¿Cómo vivimos lo que estuvo ahí sin que lo notáramos? ¿Es eso parte de nuestra vida? ¿Lo que dejamos pasar como si no hubiera existido? Lo que vemos hoy por primera vez mas sucedió hace cuarenta años, ¿lo vivimos? ¿Es verdad lo que estoy contándote?

Se interrumpe. Susurros. Se le eriza toda la piel, como si la tuviera peluda. No llega ni a pensarlo. Ya está parado con la espada en la mano. El cuerpo tomado por un rayo. Todo el aire adentro. ¡Las niñas! Mira hacia arriba. Siguen ahí. Mitãkuña mueve el índice señalando hacia abajo. Las dos cabecitas se asoman. Deja salir el aire que había juntado como si hubiera estado a punto de hundirse en el río y cae, también, la espada. Trepa. Los monitos se suben por sí mismos a sus hombros. Las niñas no. Baja. Pone la capa cerca del fuego. Acomoda a todas las criaturas. Les pide que se queden quietas. Mitãkuña dice que sí. Y sigue hablando. No sabe Antonio diciendo qué cosas. Ni a quién. Por ahí es un canto. Es. Una nana parece. ¿Mba'érepa? ¿Mba'érepa? Michĩ se suma. Es un tamborcito. Un ritmo. Antonio les avisa que va a buscar agua y frutos. Debería atarlas. Si se escaparan, se las podría comer hasta un cachorro de yacaré sin dientes. La lumbre profundiza sus oquedades. Marca el volumen de sus huesitos, el surco bajo los ojos, la piel cenicienta. No se van a ir a ningún lado. Los monos saltan, están un poco más fuertes. A un árbol que parece un arbusto, bajo y achaparrado, y grazna como si tuviera cien gargantas. Lleno de tucanes comiendo. El macaco más grande le tira un fruto a los pies. Lo prueba. Ácido y dulce. Casi como una buena naranja. Cosecha y no le importa que lo caguen hasta la cabeza. No huele mal, tiene un brillo metálico, negro azulado, la mierda de tucán. Ya habrá tiempo de salones. Ahora, la comida. La mastica un poco para dársela a Michī. ¿La yegua querrá amamantarlas? Mitãkuña comenta que los frutos se llaman ubajay y que no le gustan. Igual se los come, con las comisuras de los labios arqueadas hacia el cuello. Enseguida las siente respirar rítmicamente. Todo está en calma. Se come unos frutos él mismo. La Roja se acurruca entre sus piernas. Y él agarra la pluma.

Del almirante me contabas, tía, de cómo Cristóbal Colón había salido de Sanlúcar, de las carabelas como cáscaras de nuez, de cómo queriendo ir para un lugar terminó en otro y fundó un mundo, de los indios que navegaban en almadías hechas del pie de un árbol, labrado muy a maravilla, decías. En tu celda hablábasme de este otro mundo y la llenabas de caballeros, de barcos, de indios, de tierras extrañas, aunque todas las tierras me eran extrañas salvo las del convento, como a vos misma, mi querida. Era tu niña y vos te dejabas ir y me llevabas a tus ensueños americanos, con tantas almas para convertir a la fe verdadera y, no lo sabía yo pero me iba creciendo la sed de mundo, de irme de allá, de conocer a esas gentes inocentes que lleváronle al almirante ovillos de algodón hilado y papagayos. Ah, los papagayos, qué belleza, verlos debieras y entenderías que acá los colores viven, son de carne y pluma, azules vibran y chillan rojos, amarillos, verdes. Y lleváronle también azagayas a Colón que les daba a cambio cuentecillas de vidrio y cascabeles mientras estaba atento al oro y vio que algunos de ellos traían un pedacito colgado en un agujero que tenían en la nariz y por señas pudo entender que yendo al sur había un rey que tenía grandes vasos de ello. Zarpó en pos del oro, y decía el portugués, el judío, el italiano nuestro almirante de la armada imperial española que esa isla era bien grande y muy llana y de árboles muy verdes y muchas aguas y una laguna en medio enorme, sin ninguna montaña, y toda ella verde, que era placer mirarla, y esa gente harto mansa. La niña que fui escuchaba esas palabras y te pedía que se las repitieras hasta aprenderlas para recordarlas cuando fuera menester y me perdía en naos, ya navegando me veía, y la cabellera derramábaseme como olas suaves, se extendía sobre tu falda priora deseando mar, haciéndose mar de puro anhelo de licuarme en las grietas del convento para irme hacia donde va siempre el agua, que es hacia el agua, ¿has notado que el agua está distribuida en partes a veces enormes y a veces muy pequeñas pero gusta de juntarse?

—Che, vos.
—¿Qué?
—Contame de la señora.
—¿Qué señora, Mitãkuña?
—Esa que se llama Virgen, che.
—Es la madre de Dios Nuestro Señor.
—Che, ¿quién es Dios? ¿Y quién es el papá?
—El papá de Dios es Dios.
—¿Y la mamá es la Señora, Yvypo Amboae?
—¿Mba'érepa?
—Porque lo llevó en su vientre y luego lo alumbró. Que es lo que hacen las madres.
—¿Mba'érepa?
—Porque Dios la eligió, Michĩ.
—¿Quién es Dios, che?
—El que creó los cielos y la tierra.
—No.
—Sí.
—¿Y tuvo un mitã que se llama igual que él, che?

—¿Qué es un mitã?
—No sabés nada, vos, che. Un niño.
—Sí. No. El niño es Él mismo pero encarnado.
—No entiendo, che.
—Mitãkuña, deberíais dormir.

… ¿Has notado que el agua está distribuida en partes a veces enormes y a veces muy pequeñas pero gusta de juntarse?

El agua quiere agua y mi alma quería andar, tía querida, así fue que vi una vida lejos del convento, de la disciplina triste de las madrugadas de rodillas, de las interminables, mortuorias listas de pecados, de las breves listas de virtudes para una mujer, más breves para las novicias y brevísimas para las profesadas: obedecer y no desear más nada que a Cristo Jesús. No profesé, bien lo sabes. Perdóname, tía. Fue una epifanía, se me reveló, sentí el llamado y no pude resistírmele como nadie puede, mi querida: presa del convento no. Presa de nada. Me fui. Había deseádome marinero pero nunca, nunca, nunca había sabido que fuera eso posible, y la voluntad de lo imposible en el cuerpo duele y fuertemente me dolió: en los huesos, en los músculos tiesos de encierro, en los ojos que era menester mantener bajos, en las manos, que atadas las tenía. El dolor ese me tuvo quietecita hasta que tus llaves se me impusieron a los ojos y al corazón y al cuerpo entero como se le impone el suelo a lo que cae, sentí mi propia raicita rompiéndome y no dudé, no pude, no supe de bien ni de mal, no me pregunté si sería pecado, si estaría atentando contra mi Señor Dios, contra tu buen amor, contra mi alma, si ardería luego no sólo en el infierno sino en las hogueras de la Santa Inquisición. Mi cuerpo vio la puerta y salió como el tallo de la nuez por el agujerito húmedo que le hicimos. Estuve tres días y tres noches en nuestro bosque donostiarro, el próximo al convento que regías casi con inocencia: nuestra familia regía, ¿rige aún?, vos regís con la naturalidad de una causa sobre un efecto. Tuve una familia causa y supe que presa no como ustedes sabían lo suyo, sin duda alguna, como saben los que mandan: del mismo modo que se sabe que a los relámpagos les siguen los truenos. Saber, saben los que triunfan, saben el rey y el papa y saben del mismo modo los regidores. Los demás dudan de dudas diversas. Maleables, en ocasiones y en ocasiones rígidas como un grillete de hierro.

Los que huyen también saben como si rigieran porque rigen sobre sí mismos; si dudaran no huirían, ¿te has fijado en que los que se van de ansia pura de irse tienen certeza? Una certeza de brújula, un norte hecho de distancia del punto de partida, así es, así fue. Y así será. Entonces y cada vez desde entonces. Supe que presa no, que antes cazador, y volví al mundo que empero no conocía: me llamaban el aliento del bosque, el de los caballos cuyos cascos escuchaba sonar desde adentro, el de las voces de afuera, el tintineo de los metales de las espadas, las pisadas fuertes de los hombres. Tu hermosa voz contándome cuentos de un otro mundo. La fuerza de mis piernas que empujábanme a andar. Había sentido miedo, empero, durante años. Hasta que vos, mi tía, mi familia, todo mi amor, a los maitines, me mandaste a buscar tu breviario y vi la llave enorme, larga como mi mano y mi antebrazo, como un cuchillo larga, y oscura y ferrosa y pesada para las puertas implacables del convento nuestro y fue como si hubiérame abierto a mí, como si las puertas de mí mismo, siendo mí misma una celda umbría y fría, se hubieran abierto y hubiera entrado el sol y ¿quién volvería a cerrar las puertas para encerrarse en lo oscuro?

No dudé: cogí aguja e hilo, cogí tijera, cogí cuatro piezas de tejidos, y, ay, once monedas porque los apóstoles fueron doce pero nadie quiere un traidor entre sus huestes y me fui para siempre. Tuve miedo, era medianoche, no recordaba haber pisado otro suelo que las piedras grises y la tierra de hojas de los jardines del convento, pero mis piernas no temieron y me llevaron. Mis manos tampoco temieron, mi querida, tomaron lo que se podía tomar y abrieron lo que había de ser abierto para salir, y corrió mi cuerpo al bosque como el de un cervatillo cuando los ojos del tigre se posan, por fin, en otra bestezuela o en el vuelo de un insecto o en el río. Y no, no sabía casi de nada yo, era inocente como un animal enjaulado: si se abre la jaula se sale, tía, no hay qué saber.

—Contanos quién es Dios, vos. ¿Cómo hizo los cielos y la tierra?

—Os cuento, Mitãkuña, si me prometéis dormir apenas termine.

—Bueno, che.

—Nahániri.

—Lo prometéis o nada, Michĩ.

—Yo te prometo. Ella se va a dormir igual, che. Cantanos, vos, ese canto, che.

—Bien, os canto. Fue así:

En el principio creó Dios
a los cielos y a la tierra
mas todo salió mezclado
un gran abismo de faz
cubierta por las tinieblas.
Y también aguas había
y el espíritu de Dios

volaba desde el Oriente.
Empero nada veía.
Dijo hágase la luz:
¡Fiat lux ahora! ¡Fiat lux!
¡Fiat lux! ¡Fiat lux ahora!
Con Su palabra creadora.

—Nahániri.
—Dile que se calle o no les canto más.
—Ekirirī, Michī, che.

Fue Su palabra creadora
y hubo luz y vio el Señor
que eso era una cosa buena
entonces la llamó el Día
y a las tinieblas, la Noche
y así pasó el día primero.
¡Fiat lux ahora! ¡Fiat lux!
¡Fiat lux! ¡Fiat lux ahora!

—Nde japu. Mentiras decís vos.
—Tienes que dormir. Duérmete, Mitãkuña.
—Decime la verdad, che.
—¿Qué verdad?
—¿Qué comía, che, ese Dios tuyo?
—Nada. Dios no necesita nada. No tiene hambre. Ni sueño. No se cansa nunca.
—¿Mba'érepa?
—Nde japu, che.
—No es mentira. Cuéntote qué comía Dios si tú prométesme que os callaréis luego.
—¿Qué comida comía?

—Nubes comía. Y por la boca escupía la luz que tenían. Y con los pedos, las tinieblas.

—Jijijiji. Nde japu, che, vos.

—Júrote que es la verdad, Mitãkuña. Duerme. Mira, te mostraré las tinieblas mías.

Se tira un pedo colosal. Las niñas se tapan la nariz con las manos y se la destapan a las carcajadas. Los monitos se suben a los árboles. Los caballos resoplan. La Roja, satisfecha con lo que le ha tocado de tasajo, ni se mosquea. Vuelven a reunirse todos. Los monos traen unas frutas: como alcauciles son. Pero con un sabor dulce que parece una mezcla de banana y ananá.

—¿Tus naranjas, son, che?

—Sabes que no.

—¿Y dónde son tus naranjas?

—En España.

—Chirimoyas son éstas, vos.

—Bien.

El bicherío enmudece. Cada animal que vive en el tapiz verde de la selva inmensa y los árboles y las enredaderas y las flores y los hongos y los musgos se quedan quietos. La tatiná, la nube que sube del río hasta coronar los árboles y mojarlo todo, también se detiene. Es ese minuto del día en que todo es paz. Cuando hasta las mareas cesan. Y nada mata ni muere. Salvo los hombres nuevos, pero incluso ellos a veces se olvidan de su novedad. Suspiran y se quedan mirando algo que no saben qué es.

6

No puede morir así. En pecado mortal. Sería como una doble muerte, quedaría muerto remuerto, o peor, ardiendo en los lagos del infierno. Ha mancillado el templo de su cuerpo y el nombre de la Santa Madre Iglesia. Necesita un cura. Un curita. El más pobre, el más bobo, el más maligno, incluso su peor enemigo. Hasta un cura indio serviría. Un cura judío incluso. Cualquier cosa que lo absolviera para irse en paz si tenía que irse. La muerte lo estaba pillando sin confesión. Quietísimo, en su cuarto forrado de terciopelo púrpura, el salón con dormitorio que se había hecho construir pegado a la iglesia. Los tapizados los había traído desde la Madre Patria. La dignidad de un alto prelado no podía quedar librada a los azares del Mundo Nuevo. Y ahí estaba. Su panza blanca desparramada contra la muy regia alfombra borravino. Los rizos de angelito aplastados en el cráneo. Los globos de los ojos acuosos zurcidos de sangre. La cara roja y las venas del cuello hinchadas como troncos. Las surcaban borbotones que se le hacían pelotas hasta que se volvían a abrir camino y se estiraban fluidas. Pronto se trababan por un nuevo obstáculo y volvían a hacerse bolas. Era como si la sangre le avanzara a perdigonadas. Y el aire que no entraba. Y la voz que no salía. Abría la boca entera, se le veía hasta la glotis: le faltaban las muelas al obispo. Quería hablar. Necesitaba pedir ayuda. Que alguien lo asistiera. Confesarse. De su cuerpo sentía sólo el dolor lacerante que le cortaba la respiración, el lanzazo en el pecho que le arrebataba la voz y todo lo demás. Sintió también la verga henchida bajo la sotana. Y atinó a rezarle a Dios para que no lo permitiera:

—Fiat voluntas tua, empero no permítaslo, Padre, Señor mío no permitas que derrame mi simiente en tierra, Padre, no me abandones.

Rezaba. Y veía lo que tenía enfrente bajo la primera luz de la mañana, velado apenas por una fina tela púrpura que cubre su ventana enorme. Poco más que sombras, pero conocía los amaneceres del fuerte. Las siluetas deformes de las indias. Muñecas rotas, marionetas empaladas y estiradas como cristas. Eran apenas soldados borrachos fornicando mujeres. Pero qué siniestras sus sombras. Monstruos de dos cabezas y cuatro patas agitándose agónicos. Se sorprendió de poder sorprenderse tan desesperadamente desairado como estaba. Y los soldados roncando en el suelo o canturreando con la alegría vaporosa del cuerpo descargado. Intentaba tragar aire. Y no entraba. Y no salía. Y nadie lo notaba porque nadie debía saber que él estaba mirando. Era su secreto. Y los hombres se lo respetaban así, fingiendo que no sabían. Que no existía la ventana de la pared de su aposento. Que no escuchaban los latigazos que se propinaba él mismo para castigar sus ansias de pecar. Ni los graznidos de buitre que lanzaba cuando derramaba su semilla en vano. Entendían sus hombres que esa forma suya era una de las formas de la santidad. El obispo no tocaba a las mujeres ni se tocaba a sí mismo más que a través del látigo. El prelado los miraba a ellos pero ellos no lo veían y, al final, se olvidaban. Como ahora, que no lo recordaban ni sus ovejas, ni Dios y, lo más grave, ni el aire. Le entró a Mitãkuña el aire. Lo dejó salir despacio por su boquita. Se le vieron los serruchitos de los dientes nuevos. Abrió los ojitos achinados y se movió. El obispo la estaba mirando. Quiso estirar su mano hacia ella. Pedirle ayuda. Que fuera a buscar a un cura. Un curita cualquiera. Que no podía morirse así. Lo que tampoco podía era hablar. La niña sintió pavor y entendió. La puerta de su jaula estaba abierta. Las otras estaban cerradas. No podría abrirlas por sí misma. Estaba demasiado débil. Debía caminar ahora. Mejor se escabullía sin perder un instante y buscaba ayuda. Lo supo y lo supo la perrita roja que gimió primero y apareció después y la acompañó. Caminaron. Rozándose en una burbuja de ellas dos. Casi sin apoyar los pies en el suelo. Casi invisibles de tan sombras pequeñitas. Cabían en la sombra de todo lo demás. Necesitaban aprovechar ese minuto de suspensión del mundo para quedar fuera del alcance de los soldados. El obispo rezó.

—Sed libera nos a malo.

Intentó respirar una vez más. El aire no le salió pero unas lágrimas sí, lloró como lloraría un odre a punto de estallar y estalló nomás. La boca exhaló el aire último, fétido, y la simiente y todo lo que puede fluir le fluyó nomás entre la panza y la alfombra borravino. Le quedaron abiertos la boca y los ojos. Al final, qué mala suerte, sí pudo morir en pecado y sin curita que lo absolviera. En qué momento de ese pasaje entre la vida y la muerte un hombre es responsable de su voluptuosidad. Si se puede llamar así a la verga hinchada del moribundo. No se la hinchó la muerte. Se la habían hinchado esas indias putas. Y los soldados, fornicando a destajo como resortes filosos. Qué largo minuto el de la muerte del obispo.

Enseguida fue presa de las moscas. Posóse una, atrevida. No hubo consecuencias. Llamó a las otras y empezaron a dejar sus huevos en las cavidades del ilustre prelado que vivió una metamorfosis extraordinaria a nido de larvitas.

7

Corta y trabaja una rama. Morosamente. En punta. Antonio va sacando viruta tras viruta mientras empieza a filtrarse una luz ondulante y suave entre el follaje y la niebla. Cada vez más filosa la punta. La quiere capaz de atravesar un pez gordo de un solo golpe. Afeita un helecho con un roce. Ya está. Qué maravilla de espada: apenas la afiló. Y le ha forjado una lanza tan punzante y fuerte como ella misma. Ha visto indios pescando a lanzazos. El camino que hizo al río, pero cómo puede ser, se tupió otra vez. Lo abre. Está cansado. Quiere comer. Y dormir. No debe dormir. Se para, hundido en la orilla del río que lo chupa, qué asco, qué crudo este mundo nuevo con sus labios de barro. Se cubre de lodo para engañar a los peces. El sol sube. El barro se le resquebraja. Los insectos lo rodean como las nubes al pico de una montaña. Los yacarés se forman en ronda, a unos pasos. Se queda quieto, quieto. Hasta que se acerca un dorado. Enorme, tendrá como un metro de largo, podría ahumarlo y comerían diez días. Retiene el aliento y arroja la lanza, que se quiebra y se va, partida en dos, con la corriente. El dorado recibió el golpe. Está aturdido. Duda. Antonio no. Se arroja sobre él. Una, dos, tres veces. El pez lo esquiva con certeza en diagonales veloces, imprevisibles. Hasta que se hunde en alguna profundidad. Antonio también. Llora y se baña. Vestido. Va a tener que cazar. Con la espada, no puede hacer ruido o los hallará el capitán. O va a tener que convencer a la yegua de amamantar a las niñas y pasarse, él, otro día a puras frutas. Mejor convence a la yegua y se pone a trabajar en una trampa. Vuelve por el camino que acaba de abrir. Está más tupido que hace cuatro horas. Se distrae. Un olor. Hermoso. A comida. Se acerca con sigilo a su campamento. Qué rico. Corre. Es comida de indios. Unos cuencos de terracota rojos, coloridos, humeantes. Tienen que estar cerca. No parece haber nadie. Se debate entre el hambre y la prudencia. Piensa en esperar a que coman las niñas y recién después probar bocado. Gana el hambre y comen juntos. Cuando terminan, Michĩ se duerme casi enseguida. Mitãkuña no. Se apoya en el palo santo, fuera del refugio de palmas, y dibuja en la tierra con un palito. Antonio se tiende en la capa, a descansar. Le pide a Mitãkuña que le avise si algo extraño sucede. No sabe qué podría ser extraño para ella.

—Si viene el tigre, o las serpientes. Si vienen los españoles, los que son como yo.

Dice que sí y se queda sentadita. Antonio no quiere dormirse. Se despierta pasado el mediodía. La Roja dormida en su falda. Mitãkuña, en su guardia. Contento, se concentra en lo suyo. Su vida. Lo que no le importó. No notó. No supo casi. Y, sin embargo, se asombra, lo trajo hasta acá, hasta donde está ahora. Del mismo modo que lo trajo aquello en lo que sí reparó. Cómo entender semejante cosa. Cómo explicarla. Se olvida de la trampa que se había propuesto hacer. Y escribe:

Corrí, tía. Sentí el mar como el aliento de un animal gigante que animárame, como no lo había sentido antes, me daba fuerzas y me acariciaba con dentadura colosal, si algo así pudiera ser caricia y si algo tan inmenso pudiera tener dentadura. Era una bestia tan grande como el cielo, el cielo abierto de campo traviesa de estar afuera, que crecía con cada paso y azulaba todo, incluso el ruido del mar, y se me afantasmaba la libertad, tenía luz de espectro, de ultratumba, conocí la luz de la intemperie; las estrellas destellaban como señales, brillaban blancas y rojas, titilaban, inquietas se derramaban sobre la luz de la luna en la tierra, se mecían las luces de las unas sobre las otras y hacían sombras brillantes, ¿puede eso ser posible? Así lo recuerdo. Me enseñaban direcciones, me hablaban: por allí, Catalina, no, por aquí, por el camino este y por el camino aquel y en la cabeza vacía y en el cuerpo entero me retumbaban las estrellas, sus rayos se me hacían astillas y el mar hacíame su canto de viento y me llamaba, pero en su orilla los barcos de mi padre, y mis piernas marchaban hacia el olor del bosque que era menta y era tierra mojada de rocío, que la tierra se abre a la noche y libera su hálito, un hálito de vida secreta y húmeda, de raíces, de gusanos, de muertos y de semillas rompiéndose suavemente a la vida. El bosque llamábame como hasta entonces sólo me habían llamado la olla de sor Josefa o tus cuentos, como un hogar me llamaba el bosque, pero un hogar lleno de extra-

ños porque el bosque también es muchos animales aunque no tantos como la selva: es un animal de invierno el bosque aunque florezca en primavera, ¿notaste, tía, que el bosque es un animal?, ¿te dejas reconfortar por su aliento? El nuestro de Donostia está hecho de ojos de animales que espían con miedo, con bravura y tal vez con hambre y, ya he de contarte, con perdón también. Los árboles protegen, protegen siempre, así que hui del convento y del bramido del mar y de mi cabellera que tirábame atrás, al agua, al agua, a los barcos, Catalina, pero en los barcos mi padre, o a tu falda a escuchar historias de marineros mientras me peinabas, pero en tu falda mi padre. Subíme a un árbol, la corté a mi cabellera. Y te dejé a ti. Y al pelo, tirado sobre la hojarasca. Ahí estará, todavía, enterrado entre hongos y gusanos.

—Che, Antonio.

—...

—Che, vos, te hablo.

—Qué extraño, Mitãkuña. Dime.

—¿Y qué pasó después?

—¿Después de qué?

—De que tu dios escupió luz y pedeó tinieblas.

—¿Mba'érepa?

—Porque se tira pedos, Michĩ.

Las pocas fuerzas que tienen les alcanzan para reírse. Las mejillas se les sonrojan. Antonio carcajea también. ¿Será una herejía? No sabe. Peores ha cometido. Va a contarles la Creación entera. Tiene que inventar el canto del segundo día, veloz. O mejor los seis días juntos, si le sale.

Y luego el segundo día
notó Dios mucha agua.
Era todo como un mar
sin arriba y sin abajo.
Dijo hágase el firmamento
y sepárense las aguas.
Pues qué bueno este trabajo
vamos a llamarlo Cielos
doy por terminado el día.
Más luego vino el tercero
allí fue que secó una parte
y en la otra juntó al agua.
A una llamóla Tierra
y a lo otro díjole mares.
Y a la Tierra le ordenó
producir selvas y bosques.
Y así fue y salióle bueno.

—¿Mba'érepa?
—Porque Dios quísolo así. Déjame seguir, Michī.
—Callate, vos, que cante.

Al día siguiente el Señor
hizo estrellas, sol y luna.
Después pobló el mundo nuevo
con los peces, las ballenas,
las gallinas y los mirlos.
Multiplicaos, ordenóles,
Y poblad mares y cielos.
Y así fue, obedeciéronle.
Era aquello un gran jolgorio,
loado sea el Señor, ¡jolines!

Al día siguiente hizo Dios
todo animal que camina
repta, trepa, come y duerme.
Y parecióle muy bien.
Díjoles multiplicaos.
Y pusiéronse, obedientes,
a realizar el encargo.
Era aquello un gran jolgorio,
loado sea el Señor, ¡jolines!
Y la anteúltima jornada
el Señor sintióse solo
entonces lo creó al hombre
a su total semejanza
los creó varón y hembra;
hembra y varón los creó.
Era aquello un gran jolgorio,
loado sea el Señor, ¡jolines!

—Che, Antonio, ¿es kuimba'e ha kuña tu dios?

—¿Qué es eso, Mitãkuña?

—Hombre y mujer. Como vos, che.

—Pues mira que no lo había pensado. Soy hombre yo.

—Héê, che, pero tenés una teta.

—Muchos hombres tienen.

—¿Mba'érepa?

—Porque sí, Michĩ.

—Mi papá y mi abuelo y mis tíos no.

—Pues Dios y yo sí.

—¿Una sola, che?

—¿Mba'érepa?

—Porque sí, Michĩ. Cantemos juntos.

Era aquello un gran jolgorio, loado sea el Señor, ¡jolines!, bajito, les canta. Y por fin lo dejan en paz.

... Me habías dado buena vida, tía, me quisiste bien, aunque encerrada. Repetíasme "eres mi hijita, mi primogénita, neska, la única, y la abadía será tu heredad en mi vejez". Mas no eran ésas mis ansias y partí y te habré partido a vos y por vos lloré esas primeras horas de soledad en el bosque. Bajito lloré, despierto, con la aguja en la mano y las tijeras en la falda, bajo la inclemencia hermosa del rocío que revivía todo lo que tocaba y lo dotaba de brillos argénteos pero a mí me helaba, bajo la mirada de una familia de lechuzas tan quedas como yo misma entonces, acuclillada y con los ojos abiertos y la cabeza moviéndose en todas direcciones, la hojarasca cubre y esconde pero también cruje y delata, y yo aún era yo misma mientras yo mismo se hacía, salía de mí puntada a puntada: hice de la enagua camisa, del hábito calza y chaqueta. El cuello de lechuguilla, tía, había pedídoselo a mi padre, en una de sus escasas visitas al convento, como un juego, tiempo antes, y él no había sabido rehusarse. Entonces no lo supimos ni él ni yo, pero esa lechuguilla hubo de ser toda mi herencia. Tres días me tardé en terminar las ropas que pedían mis piernas, que mis brazos exigían. Sentí una fuerza nueva apenas púseme el nuevo traje. Se me estiró el cuerpo entero, tía, forjáronseme los músculos: era libre. El mundo parecióme al alcance.

—Si me sacáis mi carta os...

Pero no, no iban a entenderlo. Los monitos huían lentamente. Están más fuertes pero no recuperaron aún la velocidad. Les pega dos gritos, recupera su carta y acaricia a la perrita. Y se dispone a seguir escribiendo. Otro rayón en el papel. La perra, sonriente, lo araña con sus garras. Ni modo. Tiene que ponerse a rascarle la cabeza.

—¿Y ustedes?

La yegua y el potrillo siguen en lo suyo. Comen flores, helechos, pasean un poco, cada vez más lejos, y vuelven junto a la capa. Dorados y altos los dos como soles. La Roja se acuesta a su lado. Dejó de arañar sus piernas reclamando atención, por fin. Ahora sí.

8

Ay, madre mía. Mamá, mamá, mamá. Padre nuestro. Madre mía. Sismos sacudían los cuerpos y les hacían brotar torrentes enloquecidos y verticales como ríos de montaña. Primero dormidos y después despiertos. Primero culpables y después inocentes. Primero jóvenes y después viejos. Primero villanos y después nobles. Y ahora todo a la vez. Lloraban. Tanto que ya no sabían ni quiénes eran. Silenciosamente lloraban. Perdían el nombre y los rangos y las señas y los rasgos, como si la vida empezara a írseles por los lagrimales. A los narigones se les erosionaba la nariz. A los bocones, se les afinaban los labios. A los rosas, los marrones y los beiges se les tornaba la faz casi transparente, como de fantasmas. A todos se les hinchaban los ojos. Lloraban. Como si esperaran amanecer momias y sustraerles a puro llanto la potestad de matarlos a los verdugos. Lloraban. Sin querer llorar, incluso sin congoja, hasta alegres lloraban algunos descerebrados en la víspera del patíbulo. Y otros lloraban iracundos. Daba igual, porque lloraran como lloraran les salían las mismas torrenciales lágrimas.

Antonio, yrupé de cuatro tallos, uno por cada cadena, no lloraba. Flotaba en la tibieza de las lágrimas de sus compañeros. Mientras flotaba escuchaba el mar y veía los verdes picos de Europa. Verdes como el trigo verde y el verde verde limón. Tenía cuatro años, todavía no sabía leer ni escribir y sabía que no sabía y no le importaba. Avanzaba a los saltitos, danzaba, era una niña y su vestidito blanco se agitaba como si fuera una de las florcitas que aparecían en la hierba que pisaba. Cubierta ella misma de pétalos como los lirios de allá, de su infancia, que estaban cantando con sus boquitas abiertas entre las hierbas. Tenían, ella y las boquitas de los lirios que cantaban con ella, una voz dulce y aguda como las del coro de niños indios que le habían cantado lo de la Virgen Pura que va de Egipto a Belén. La voz de todo lo santo. La de los pajaritos el día que aprenden a volar. La de los cachalotes cuando logran llegar al cielo de un salto. Y volver a caer al mar haciéndolo estallar. La de los elefantitos que vuelven al refugio de las patas de sus madres. La de las primeras estrellas después de una tormenta. La de la puerta abierta para salir de la jaula. Mientras cantaban *Atharratz jauregian bi zitroiñ doratü* el sol acariciaba niña y flores. Ella siguió bailando y llegó hasta los corderos que entonaron un contracanon tierno. Metió los dedos entre sus rulitos y cantó más fuerte *Huntü direnian batto ükhenen dü*. La vaquita de la leche correteó a su encuentro junto a su ternero y ella les cantó *Ahizpa, zuza orai Salako leihora* y ellos bailaron con sus saltos graciosos de animales pesados. Bailaba dormido Antonio. Flotando como un barquito en las lágrimas cálidas de los reos que lo mecían como aguas amorosas. Como si fuera él mismo una abeja y nadara en la copa cantora de uno de aquellos castaños vecinos del convento. Las campanas tocaron a rebato. El sol subió. El jote sintió hambre. Atravesó con los ojos la cúpula verde y plateada de la selva. Abajo, junto a la mazmorra en que Antonio cantaba, la plaza enorme y lúgubre del cuartel. El capitán gritaba y los soldados corrían y se afanaban en tareas vanas que, esperaban ellos, los harían invisibles a la furia del militar.

Había perdido a su amigo el obispo y sentía, horrorizado, que lo había querido. Extrañaba también a Fernández. Ya dispersado por el viento en su mayor parte, le estaba dando un gusto extraño al néctar de las flores de dedos fucsias y alargados de un palo borracho. Y se les pegaba al cuerpo a las avispas que se aburrían y decidían buscar otras flores. Y volaba, Fernández, volaba y se hacía parte de panales y quedaba atrapado en la tela de una araña. El capitán notó, además, la ausencia de los curitas jóvenes que habían viajado a impartir misa a los pueblos de indios. Nadie que le dijera qué marca el protocolo para los obispos que se mueren de repente. Y encima así. El digno dignatario, que lo hubiera sabido perfectamente, estaba ahí tirado con la boca abierta y muda papando moscas. Más bien lo estaban papando a él. Redes de túneles le estaban haciendo las larvas recién nacidas en el cuerpo inerte. El capitán general se preguntaba qué ceremonia sería digna de tan alta autoridad de la Iglesia. No sabía. No tenía tiempo de ponerse a leer el reglamento. No le gustaban los reglamentos.

Y antes que sentarse y entregarles el tiempo y la paciencia hubiera preferido hacerse martillar los dedos de su mano derecha. Además, qué tiempo. En esta selva mugrosa los cuerpos se pudren en lo que canta un gallo. Habían cantado varios y el capitán caminaba por la plaza muy iracundo entre el cuerpo de su amigo —los miembros rígidos, el torso hinchado— y su despacho. Se detuvo atravesado por el rayo dulce de una voz celestial que cantaba en vascuence. Una voz de niña. Una voz como la de sus hermanas hace tanto. Una voz como habría de tener ahora mismo la niña suya que dejó en España. Redondita y perfumada con un olor tan rico que costaba sacarle la nariz de la cabecita llena de pelusas rubias. Sintió que le cantaba su hijita y que le pedía que volviera y pensó que tal vez debiera. Ya tenía muchos oros. Para qué más si lo único que quería era resucitar al obispo para volver a tener con él esas charlas pequeñas después de las cenas cuando ya estaban casi borrachos y faltaba poco para ponerse a cantar las nanas en vascuence. Para eso se iba a casa. Y hablaba en su lengua todo el día y con todo el mundo y cantaba con su hijita y le olía ese perfume que le daban ganas de abrazarla y protegerla de todos los males del mundo. ¿Sería ésa una primera prueba de la dudosa santidad de su amigo el alto prelado que le enviaba señales de su mejor vida en el más allá? Urgía buscar a la niña imposible que por imposible que fuera estaba cantando. Decidió que lo más sensato era correr agradeciendo al Señor. Orar buscando a la niña sin pérdida de tiempo. La voz lo llevó hasta las mazmorras. Se preguntó si un ángel se habría apiadado de esos inmundos presos que le habían tocado. Ese depósito de carne criminal que tenía ahí en las celdas no sabía muy bien para qué. Ni por qué. Evidentemente sería más sensato e incluso piadoso colgarlos apenas se pronunciara la sentencia. Cuando volviera a tener un secretario y un obispo buscaría con ellos el modo legal y católico de conservar menos tiempo a los condenados. Se cubrió la nariz y la boca para no oler la humanidad que se amontonaba ahí. Asomó la cabeza entre las rejas. Y encontró a su niña. Era un hombre horrible que flotaba en un lago de excrementos y lágrimas. Un hombre con nariz ganchuda y espaldas recias, gesto marcial y manos como garras, brazos musculosos, boca torcida y mejillas surcadas por varios floretes. Un hombre que casi danzaba mientras le salía de la boca de labios finos un

Atharratzeko zeñiak berak arrapikatzen;
Hanko jente gazteriak beltzez beztitzen.

Era la misma canción que cantaba su nodriza cuando él, el capitán general, era un niño y no quería más que comer natillas, jugar con sus hermanos y colgarse de los vestidos de su madre si es que tenía la fortuna de verla. No le importó si era cosa de Dios o del diablo. Ordenó abrir las puertas y afrontó la oleada nauseabunda para ver de cerca al condenado niña. Antonio bajó de lo alto de la cresta a la orilla de la ola. La humedad del llanto de los presos había aflojado los clavos que sostenían sus cadenas en las paredes. Salió a toda velocidad junto al marcito que lo había mantenido tibio, flotando y cantando las últimas horas. Despertó contento mientras comenzaba a secarlo el sol que rajaba la tierra roja. No lo alteró la cara del capitán sobre la suya, casi respirando su aliento.

—Buenos días, su señoría. Que tengáis buen día, mi capitán, que seáis bendito por Dios.

—¿No escuchas las campanas a rebato, reo? Tienes la voz muy recia.

—Gracias, señor: soy barítono. Y, señor, perdón, señor, soñaba con mi patria, con mi Donostia querida, y nada escuchaba más que el sonido del mar y los lirios cantando.

—Ah, Donostia, reo, escuchéte cantar en vascuence con voz de niña, ¿sabes leer?

—Ego legere et scribere scio, mi domine, gratias agere Deo.

—¿Y las cuentas? Dime cuánto da tres mil quinientos cuarenta y uno más ciento ochenta y dos.

—Tres mil setecientos veintitrés, su señoría.

El capitán estaba feliz. Había encontrado secretario. Y no descartaba acostarlo en su dormitorio para que le cantara en sueños. Le encomendó los funerales del obispo y se fue a dormir la siesta aliviado y canturreando, ahora sí, tranquilo, con su niña a salvo.

9

El golpe lo sobresalta. Cae la pluma porque se lleva la mano a la frente. Entre los dedos tiene la sangre y entre sus piernas el proyectil, una de esas semillas que llaman orejas de negro. El follaje está quieto como si no fuera más que hojas y ramas. Los que no están, abajo, donde los dejó, son los monos. ¿Se habrán vuelto ya a su país? Le caen dos, tres, diez orejas más. Se para furioso y las arroja de vuelta a la copa del árbol. Le tiran, ahora, como treinta. Revolea una rama pesada que choca contra lo alto del tronco y le golpea la cabeza en su caída.

—¡Bajad, simios de mierda!

Bajan nomás. Y vuelven a subir. Y dan vueltas sobre sí mismos. Y sobre todo lo que encuentran. Y saltan nuevamente. Y se abrazan a las niñas. Trajeron unos frutos pequeños, amarillentos. Los monos les dan un mordisco y comparten. Son de una carne dorada, muy dulce y levemente acre.

—Es un sueño esta fruta. Traigan más.

—¿Son las naranjas de tu señora, che?

—Bien sabes que no, Mitãkuña. ¡Más frutas, macacos!

Obedecen. Le impacta una docena por todas partes. Las carcajaditas de las niñas lo animan. Antonio se sienta, toma los frutos de su propio cuerpo, de su ropa, y los reparte. Michī agarra una punta de la capa del capitán, a esta altura del rojo polvoriento de la tierra, la mete en el cuenco lleno de agua, y se la apoya en la herida. Le acaricia la frente con sus manitas torpes, débiles, pegajosas. Antonio siente un hueso en la garganta. Por un instante acaricia la cabeza de Michī como si la peinara. Camina hasta los caballos, que están comiendo orquídeas. La yegua alarga el cuello musculoso hasta las flores lilas y blancas. El morro dorado contra el musgo. Los labelos violáceos arrancados por la boca dulce de la bestia. El potrillo examinando con la pata y las narices una flor caída hasta que la lame. Antonio arranca un ramo de flores moradas. Se lo ofrece a la alazana. La acaricia. La desensilla. Le saca el freno. Le dice que es una flor también ella. La yegua le devuelve las dulzuras con unos topetazos y le apoya la cabeza en el hombro. Se agacha. Le toca las ubres. Ella lo deja hacer. La ordeña un poco. Llena dos cuencos, no más, que el potrillo también tiene que comer. Se los lleva a las niñas. No la quieren. Toma un poco él. Es un asco. Pero la necesitan. ¿Dónde se han visto niños que no beban leche? ¿Aquí? ¿Beben leche los niños del Mundo Nuevo? No sabe. En España sí. Recuerda a la vaquilla del convento, sus ubres rosadas, su ternero. La tía obligándolo a beberse su cuenco cada mañana. ¿La comida de indios tendrá leche? Es obvio que saben alimentar a sus niños. O no. Si supieran algo no serían esclavos, piensa. No está seguro. Se puede saber y perder. Cualquiera puede ser esclavo. Menos el rey. Vuelve a intentarlo. No abren las bocas. Les propone un trueque. Una moneda. Michī la toma. Se la pasa a Mitãkuña. La miran juntas. La muerden. No les gusta. La arrojan. Serán brutas. Les ofrece el freno labrado de la yegua. No les interesa. Les ofrece hilos de oro. Nada. Se desespera. En su desesperación, mira el suelo y encuentra unas semillas como esferas. Les hace distintas marcas. Rayas para acá, para allá, paralelas, cruzadas. Ahora sí tiene la atención de las dos. Hace un agujerito en la tierra roja. Traza una línea a un metro. Tira una bolita. Después otra. Quieren jugar. Sólo si toman la leche. Se la beben. La perrita y los monos las miran con los ojos brillantes. Juegan. Embocan todas las bolitas en apenas dos tiros cada una. La Roja se lanza sobre una semilla. La muerde. Corre. Los monitos agarran las otras dos. Trepan veloces, están mejorcitos. El juego divierte a todos. A Antonio no tanto. Ni siquiera tuvo que dejarlas ganar. No le parece bien perder con dos niñas que no saben ni hablar bien en cristiano y están bobas de tan desnutridas. No le parece bien perder hablen como hablen los que juegan con él. Pero quiere ir a lo suyo y, lo piensa un rato, en eso ganó. Ganaron todos. No sabía que eso era posible. Las niñas se duermen otra vez. Antonio vuelve a escribir, con el hueso en la garganta todavía doliéndole. Y la Roja entre sus piernas.

Así mi primera fuga, tía, el abandono de mi celda de niña, de la ventanita atravesada por las agujas verdes de tus pinos, las mínimas florcitas violetas, los hongos con gusto a madera hecha de lluvias y frío y luz de nubes que amenazaban caer de tanto peso, como de plata sucia, opacas. Presa no. Cazador sí, después, afuera, en el mundo, cuando supe que la vida era una díada, cuando no supe, no pude conocer la trinidad que conozco ahora. Presa no. Cazador tampoco. Contemplo. Y dudo. Ya no huyo ni rijo aunque me rija, si es que me rijo.

—Che, vos, ¿me das agua?

—Toma, bebe.

—Pis. Llevame, vos.

Se paran, caminan unos cincuenta pasos entre las palmeras. Antonio le da la espalda. Escucha que terminó.

—A dormir, Mitãkuña.

No discute. Le da la mano en el camino de vuelta. Se duerme apenas apoya la cabeza en la capa. Antonio va a su carta pese a los mosquitos y el sudor. Son constantes. Se está acostumbrando. Además, anda en cueros. Su torso parece un campo después de la batalla. Hay pozos. Montones de cascotes. Restos de incendios. Surcos enormes. Partes pegadas a las otras sin concierto. Y partes separadas con menos concierto todavía. Restos de un pequeño pecho. El otro, apenas un poco de piel.

—Ya no huyo ni rijo aunque me rija, si es que me rijo.

Sé que quiero contarte de esto, de cómo fui primero presa y después cazador mientras cruzaba el mundo caminando y montando caballo y remando o izando velas o a horcajadas de un burrito y conocía una libertad que me estaba, me estuvo siempre, ¿estaráme negada aún? La tengo, es mía, vivo así. No puede estarme vedada. No obstante, dudo, rijo empero dudo, ¿es mía?, ¿puede ser mío lo que me está vedado? ¿Podría no serme propio lo que soy? No me lo pregunté esa primera noche en los bosques a los que lleváronme las piernas para ponerme al abrigo de las miradas de los hombres que no se preguntarían tampoco qué hacía una mozuela sola, en lo oscuro, con hábito de novicia. La de la huida fue una epifanía doble: supe que debería vestirme de varón siempre que quisiera andar. Me lo impusieron mis piernas. El silicio me lo impuso: que debía liberarme de él, me fue revelado, o moriría de gangrena, podrido de dolor. Me lo impusieron los muros del convento. Y tus cuentos y la costura que aprendí con vos y la reciedumbre de nuestras espaldas. ¿Comprenderás la paradoja? Te he obedecido siempre sin haber hecho nunca lo que vos querías. O hice lo que vos querías sin haberte obedecido nunca. Lo he sabido hace muy poco, acá, en mi selva, con mis animales, cerca de estas gentes que no son tan mansas como las de Colón.

Un rayón. Acaba de hacerle un rayón a su carta. El monito más grande ha sido: se le trepó a la cabeza. Le metió la mano en el bolsillo. Se colgó de una rama. Ahora se balancea en otra. En lo alto del palo santo. Antonio reprime su ira. No quiere despertar a las niñas. Ni a la perra. Ni al otro mono. Se concentra.

Volvamos, tía, volvamos a mis últimas aventuras de mozuela: uno de esos tres días y tres noches que estuve en el bosque comiendo raíces y hongos y nueces y castañas mientras hacía labores mujeriles, mi querida, las que enseñáste-

me, cosía los vestidos de mi libertad a la vera de un fuego pequeño bajo la rama gorda de dos lechuzas y giraba mi mirada del lienzo y la aguja del frente, a los costados, abajo y arriba porque la segunda noche a solas y desarmada y sin ti, tía, bajo las copas mentoladas de los árboles tuve miedo. Mucho. Quise tanto poder andar y tener también tu falda. Sentí la respiración lenta y pesada de un cuerpo que acaso también temiera, y vi mi lumbre, la de mi fuego pequeño, bailando en los ojos de un oso gigante como gigante es la catedral de Donostia o eso parecióme entonces. Estaba tan cerca que ya no podía huir, yo que, empero, estaba huyendo. Quieta quedéme, como una roca. Y bajé la vista como habíasme enseñado que debía hacer una mozuela. Lo sabía entonces, ser una mozuela. Empero hoy soy un hombre y así se me trató en el convento que fue mi prisión en Lima. Te imaginarás los pudores, y los impudores, de las hermanas. Espera, espera un poquito, ya te contaré de eso. Estoy recordando los golpes enloquecidos del corazón y una tibieza entre mis piernas que no supe qué era hasta que escuché que el oso se iba. Cuando pude pararme, tiritaba del frío de mi propio orín y no estabas tú para consolarme como habías estado siempre y alcé la vista y la vi a la luz en los ojos del oso, que, ya yéndose, había volteado hacia mi lado: vi que me dejaba vivir, que me dejaba la vida la bestia. Me ardió esa mirada, me rompió algo, tendió un puente ese animal con este que soy hoy. No con la niña de entonces, no supe, no pude ver el puente ni el perdón, no pude ver en el oso nada más que una amenaza que cedía, la oportunidad que me señalaba su espalda: una puerta más que se abría. Y no pude más que desmayarme quieta, que es como derretirse lentamente. Como se funde un metal caí y quedé tendida junto al fuego y despertéme por momentos y ansié que al-

guien, tú, acompañárame. Temí que nunca, que el precio de poder andar fuera la lejanía de todos, la distancia que permitiérame guardar mi secreto, entonces creí que en los ojos de aquel oso hubo algo de los de Dios: no llegué a ver al oso, mi más querida, le vi a Dios en los ojos como si no hubiera sido un oso el que me dejó vivir. Y creíme acompañada; Él me guardaba y poníame llaves que abrían y osos que perdonaban en mi senda. ¿Tú crees que fue Dios? ¿Lo crees? ¿El oso fue sólo un instrumento a tus ojos? Yo creo hoy que el oso fue oso y que en él hubo algo de Dios como hay en todo y en todos. ¿Cómo es la memoria, cómo es que estoy volviendo a mí mismo, a lo que fui, a lo que olí, a lo que toqué, a lo que vi y resulta ser que encuentro tanto que no encontré entonces? Si no lo encontré entonces, ¿es verdad lo que te cuento? No sé cómo, pero si hoy estoy acá es porque el oso quiso dejarme vivir aunque yo no lo supiera.

Déjame hablarte del puente que un oso le tendió a la mozuela para que tal vez pueda cruzarlo el hombre. Ha de ser así, que se nos tiendan puentes que sólo podremos atravesar mares, ríos, arroyos, océanos enteros más tarde. ¿El puente de la novicia habrá de cruzarlo el arriero? Quiera Dios. Como quiso que yo anduviera porque de no haber Él querido no estaría yo acá, estarás de acuerdo conmigo, ¿estás? Puede que sea como decís vos y nada esté escrito, pero en modo alguno podría ser si Él no quisiera, ¿verdad, tía? No vilo al puente porque oscura estaba mi mente aún, obsedida de deseo de fuga y de miedo. Cuando desperté de mi desmayo no reparé en las pequeñas hierbas que tenía ante los ojos, ni en las brasas aún rojizas que estaban a la distancia de mi mano, ni siquiera en mi mano, mi manita regordeta y suave de joven doncella: la dirigí hacia la aguja y el hilo y cosí mis vestidos con los ojos pegados a los dedos. Quizás comprendí que mi sola arma era una aguja, tu aguja, y se hacía menester darle todo el uso posible. Terminé las ropas y hube de ponérmelas sin poder verme en espejo alguno, hube de confiar en mi apostura y caminar con pasos largos y firmes, hube de avanzar haciendo lo que enseñáronme no hiciera en mis años de niña: híceme varón obedeciéndote mas de modo inverso, ¿comprendes? No había visto tantos hombres: a los de Dios, arriba ellos en el púlpito, escasamente a mi padre y a los otros, de lejos, en la misa, quietos. No recordaba siquiera a mis hermanos mayores. Fui mozuela al revés durante un tramo de mi camino, hasta que conocí hombres suficientes como para hacer uno, yo mismo, tía.

10

Se paró en el centro de la plaza. Frente a la que había sido su celda. Y pegó tres gritos Antonio. Con el primero llamó a dos pelotones. Salieron, inmediatamente y formados, de las cuadras. Hartos de las furiosas idas y vueltas del capitán, obedecieron aliviados las órdenes de marcharse del cuartel a buscar curas hasta debajo de las piedras. Con el segundo grito, mandó a cien soldados a recoger flores y a otros cien a fabricar velones y limpiar la iglesia. Con el tercero, le trajeron vestidos finos. No podía creer su suerte. Era la mañana del día en que estaba sentenciado a la horca. De no haber soñado y cantado, en una hora debería marchar, encadenados los pies, las manos y el cuello, en la tristísima fila de los villanos al patíbulo. En cambio, se estaba yendo al río. Pasó la puerta del cuartel, se internó en la selva. Sintió lo fresco de la sombra húmeda y tupida de los árboles. El camino, angosto y surcado por raíces y lianas pero fácilmente transitable, sólo requería la atención mínima que requieren estas selvas. Mirar donde se pisa. Cuando llegó a la orilla posó sus vestidos nuevos sobre una rama. Se sacó casi todos los andrajos. Antonio siempre recuerda que lo pueden estar mirando. El agua lo abrazó cálida, transparente. Se dejó llevar. Se entregó a la delicia del día. En vez de ir hacia la muerte estaba nadando junto a los dorados que pegaban saltos, cometas fugaces, y a los surubíes tigres que le hacían de escolta como si fuera un rey. Lo espiaban los tucanes con sus cuerpos negros y sus cuellos blancos. Dónde estarán los curas. Las urracas gritaban voces coloridas. Bajaban de los árboles las ranas mono para encharcarse. Arriba el jote miraba a esa bestia pelada chapotear. Y a la yaguaretesa que Antonio, para su fortuna, ignoraba tan cercana, tranquila y sentada, un pedazo de sol con manchas de noche sobre la tierra roja, los ojos plácidos en el agua y en sus cachorros bañándose, mientras se lamía las garras en posbanquete. Pensó el jote ésta es la mía. Se lanzó en paz sobre lo que quedaba del pobre tapir que perdió la vida cuando amanecía igual que el obispo. El jote celebraba el cambio de platillo. Estaba harto de comer hombres y mujeres y niños. Antonio sentía el agua dulce, la más dulce que hubiera sentido nunca en la piel y en la boca. Y comprendía que todo es verdad bajo los árboles. Comprendía todas las cosas como se comprende un fruto en la boca, una luz con los ojos y casi todo con las manos. Se juró que esta vez no iba a ignorar como ignoró antes lo vivo de la vida apenas acostumbróse a estar vivo otra vez como cosa dada y segura. Y se la jugó a los naipes o la guerra o los buenos vestidos. A Antonio le gusta vestirse bien como buen caballero español que es. Se le hacía tarde. Salió del agua y fue hacia la ropa nueva que brillaba entre las hojas verdes. Debía organizar funerales fastuosos, memorables, para las gentes y para los indios bautizados. Miró el cielo celeste y el río marrón y la tierra roja y la selva verde y se sintió feliz de estar respirando. Supo que tenía que agradecerle a la Virgen del naranjel y, pues salvar gentes es muy del agrado de la Señora, decidió hablarle a su capitán para que perdonara a los otros reos. Otros no, reos nomás. Salvarlos como sin duda alguna hubiera querido su señoría el obispo de haber sabido que moriría, y sin confesión de sus pocas culpas, habría de decirle Antonio a su superior. Tal vez la infinita misericordia del Señor tomaría en cuenta la obra buena hecha en el nombre de Él en el Juicio. Antonio se enredó. Se hizo un nudo con la ropa puesta a medias. Y se agitó a las carcajadas mientras se decía a sí mismo lo de las pocas culpas para poder decírselo serio más luego a su capitán. ¡Mal hado el del obispo morir sin cura al lado! Ya se había puesto las calzas. Le quedaron bien. Se había puesto el jubón, como si lo hubieran cosido para él, el coleto y el cuello de lechugilla. Ya era un señor. Se sintió en posición de decidir. Habría de sugerirle al capitán que dispusiera que nunca hubiera menos de dos curas y si uno fuera de evangelización o juerga el otro quedara de guardia, obligado a rondas, de modo que nadie, y menos que menos los hombres santos como el obispo, muriera sin confesión. Caminaba vuelta al cuartel completamente desentendido de las serpientes. Iba casi bailando y en zigzag como la niña de su sueño. En un saltito levantaba la pierna derecha y cruzaba la izquierda. Volvía a apoyarla. Otro saltito, levantaba la izquierda, cruzaba la derecha. Avanzaba así, bailarín contento. Cerca de la empalizada, apoyó las dos patas y empezó a marchar. Derecha-izquier. Derecha-izquier. Vuelta entera march. Las dos piernas rectas y al frente. Antonio muñeco duro como de madera yendo a ver al capitán. Con los pasos machos de lo marcial atravesó la puerta. Se vio forzado a cambiar de planes. Ahí en el patíbulo estaban corcoveando los diez villanos con los que había pasado el día anterior y la última noche. Los cuerpos enteros arqueándose. Dibujando violentamente una C para un lado y la panza de una D para el otro en sus intentos desesperados de retener la vida. No querían morir. Pobrecitos los cuerpos. Gastaban toda la fuerza, la de una vida entera, en un ratito de resistirse. Hacían bien. No era momento de andar ahorrando para ningún después. Los pobres cuerpos reos. Manos atadas. Cabeza en bolsa. Y una soga en el cuello como único sostén. Estaba seguro de que si hubieran tenido las caras al viento hubiera visto al mismo ahorcado corcoveando en diez cuerpos apenas distintos. Un poco más flacos. Un poco más gordos. Un poco más oscuros. Un poco más claros. Un poco más altos. Un poco más bajos. Con harapos de ropas buenas o harapos de harapos. Pero la misma cara lavada de tanto llanto que les había fundido los rasgos la entera noche de derramarse. Había alcanzado a darles una mirada cuando logró pararse después de hablar con el capitán y eran así, el mismo único hombre ya ni blanco ni marrón, ni pobre ni rico. Una especie de masa amorfa con diferencias de pocos grados. Una casi nada. Tal vez las vísperas del fin y el aliento de la muerte en la garganta logran lo que nadie, igualar a las gentes. Pero hay que decir que rico-rico, ahí en la mazmorra, no había ninguno. Casi nunca los ricos cometen crímenes. Quiso reírse pero le supo amarga la risa al lado del patíbulo. Había de ser la Virgen del naranjel, otro milagro, sentía pena por ellos. O tal vez por él mismo que tendría que haber estado ahí. Sin cara. Igual de casi nada que todos estos. Pataleando en vano para morirse de cualquier modo.

Tenía la cabeza en cualquier parte. Un poco ahí, acompañando la pena de morirse de sus ex compañeros, pero mucho más en las preguntas de por qué a uno sí y al otro también y al otro también y al otro no. Además, para mantenerse así, distinto a los reos que seguían luchando contra una muerte que ya les vencía, mejor se ponía a pensar en cómo se iba bien lejos de ahí. Y se cambiaba el nombre y las señas y el pueblo de origen y los oficios. Ay, tenía la cabeza en cualquier parte. Eso no estaba bien. Le había prometido a la Virgen salvar a los condenados y ya le había fallado por tardarse en el río. Hízole una nueva promesa. Había de mirar a los que estaban muriendo y de pensar en ellos mientras los miraba. Pero empezó a pensar que los crímenes creaban en sí mismos, en su propio seno, una dirección según quién los cometa. Blanco o indio. Rico o pobre. Podían llevar a la horca y al fuego o al trono y al tesoro. Podían cometer juntos, dos hombres, el mismo crimen. Uno de ellos terminar en la hoguera. Y el otro mejor que antes, embadurnado de baba de alabanzas. Objeto de loas y de estatuas de bronce. Coronado de oro. La dirección del delito, ahí hacia donde galopa como un corcel brioso, calculaba Antonio, es la resultante de dos factores: el seno del crimen, el lugar que ocupa en el mundo quien lo comete y la fuerza de sus enemigos. Sintió una pena y le gustó pensar para su Virgen que era por los agonizantes. La verdad era que no estaba seguro de si la pena era por ellos o por él mismo. Cómo saberlo. Tal vez por todos. Nunca se había preguntado si les cubren las cabezas a los ahorcados para ahorrarse el espectáculo o para darles un último espacio de intimidad. Acaso el motivo sea otro. Las suyas no eran gentes de ahorrarse los espectáculos de la crueldad ni de darles más que confesión a los reos por morir. Ni siquiera una última cena. Aunque la habían tenido. Y se comieron todo. Había que ver el apetito de los villanos. De él mismo aun siendo condenado a muerte junto a los otros. Pero lo de las cabezas cubiertas. Por qué sería. Habría de preguntarle al capitán apenas pudiera moverse.

Se sintió en deuda con su Virgen del naranjel. Ya que no pudo salvarlos, se quedaría al lado hasta que las almas partieran dejando atrás sus restos inertes. Y ahí estaba, otra vez pensando en cualquier cosa. No le era grato mirarlos. Aún luchaban sus pobres cuerpos colgantes. Antonio ya había pensado en todo lo que le urgía pensar. Empezaba a aburrirse y tardaban tanto en morirse algunos. Habían de ser los más jóvenes, que son, también en estos trances, los menos sabios. O quizá no, quizá estaba viniendo al galope un enviado del virrey con la absolución y los jóvenes no se resignaban. Querían aguantar hasta que llegara el enviado. Querían cincuenta años. Un día. Un instante más. Pero quién podría aguantar tanto la desesperación del pobre cuerpo colgando de una soga que aprieta el cuello. Ah, pero qué alivio, ya quedaban sólo tres sacudiéndose, los más cercanos. Ahora sí, volvió a proponerse Antonio, nada de distraerse ni un segundo. Pero uno que pasaba por ahí le dijo que tres eran asesinos, tres desertores y a los otros cuatro los habían encontrado desnudos y muy entregados a practicar el pecado nefando en manada. Sus reos han sido afortunados. A los sodomitas suelen destinarles el fuego. Que, lo dice la Biblia, el olor de la carne consumida por el fuego apaciguará a Yavhé.

La hoguera aquella. La gran hoguera. La mayor hoguera que había visto nunca hasta entonces. La hoguera de los sodomitas del Mundo Nuevo que tanto mal habían traído al Imperio. Tormentas en altamar. Piratas. Guerras perdidas. El mismo rey Felipe II, el Señor lo tenga en Su Santa Gloria, le escribió al virrey para que dejara de ser laxo. Para que dejara atrás su benevolencia. Su tolerancia podríamos decir. ¿Sería bufarrón el virrey? Todo el mundo puede ser cualquier cosa, se dijo Antonio otra vez, y recordó las palabras que el rey le escribió a su virrey. Que era el virrey de todos ahí. Hasta de los que no sabían de su existencia. El virrey de todos los hombres y las mujeres. Y los tucanes. Y los hongos con sombrero. Y las palmeras pindó también. Y ni hablar que el virrey del rey era el virrey de todo el oro y la plata. Las especias y los diamantes. Aunque sólo por delegación del rey que había tomado la pluma con sus propias manos para escribirle que:

... considerando que los trabajos que cada día padecemos los envía nuestro Señor por estos y otros grandes pecados de la cristiandad que detienen el curso de su misericordia, castigándonos con los sucesos que estos años se han tenido en los tesoros que venían de esas provincias, perdiéndose el uno con mengua de nuestra nación, y otros por el riesgo de los temporales, y los sucesos tan infelices que han tenido mis armas con los numerosos ejércitos que ha habido, en mi juicio y en el de todos se deja entender ser así, que nuestro Señor está airado y que los fracasos referidos tan continuados los debe haber permitido por castigo de nuestros pecados, me ha parecido encargar (como lo hago) procuréis con mucho cuidado y diligencia se castiguen los pecados públicos y que puedan causar escándalo en la república, y que en toda haya la enmienda de costumbres que conviene sin excepción de personas...

A la carta esa la habían leído. Y releído. En los púlpitos y en los prostíbulos. En las cortes y en las ferias. En los caminos y en los confesionarios. En las ciudades y en los desiertos. En los conventos y en los cuarteles. Y en los pueblos de indios. Aun de los que no sabían hablar como Dios manda. Se distrajo otra vez. Frente a sus ojos había todavía dos reos estremeciéndose mudos. Tan distante su muerte silente de la aulladora de sus primeros compañeros de juerga americanos. Lloró viéndolos. Don Felipe II ofreció rebajas en los impuestos a las ciudades más puras.

Todo ardió. También Cotita de la Encarnación. El mulato que era esclava en la tienda de su primer amo de su vida de tendero. Que lo había atendido cuando su primera peste americana. Cotita que levantaba los fardos pesados de tejidos. Y con las mismas manos le acariciaba la frente para saberle las fiebres. Cotita que le ayudaba a esconder los trapos de sus menstruaciones. Cotita que cantaba en la tienda y en el camino. Cotita que bailaba con flores en la cabeza. Que le decía mi alma. Mi vida. Mi amor. Y le ponía una guirnalda de risas cristalinas a los días todos iguales, salvo los domingos del Señor, de vender y comprar, regatear y fiar y especialmente anotar cada cosa, cada cosita y sus moneditas sumando o restando en el gran libro de cuentas de la tienda. Nunca entendió de qué se reía Cotita el africano, su primera amiga americana. Pero qué hermosa risa la de Cotita. Muerta en la hoguera. Frita viva Cotita. Cada esquina. Cada plaza. Cada cabildo una hoguera. Hasta las alas de los ángeles se habrán chamuscado. Bosques enteros talaron los católicos para purificar sus libros de cuentas. Se miraban los unos a los otros con llamas en los ojos y antorchas en las manos. Un día notaron que escaseaban indios y africanos. Comenzaba a ser más cara la pureza que los impuestos. Y no cambiaba la suerte del rey ni de su reino. Siguió padeciendo a Holanda en los mares. A Catalunya rebelde. A Portugal independiente. No lo apaciguó a Yavhé el olor de tanta carne consumida por el fuego. O quemaron más los otros.

Le agradeció otra vez a su Virgen del naranjel que le había hecho presente su promesa. Y le había permitido alejarse justo a tiempo de los pies zapateando en el aire y repartiendo orines. Igual un poco lo salpicaron. Parecía ser su sino estar mojado por las deyecciones de estas gentes incluso cuando su suerte había cambiado. Antonio lloraba, como antes sus compañeros de celda. Pasó el capitán:

—So maricón, qué haces llorando, preocúpate por los funerales del obispo que te he ordenado organizar.

—Perdón, señor, bien, señor, serán grandes funerales, podéis estar tranquilo vuestra merced, lloro, señor, porque uno de estos reos, señor, ese al que los jotes le han quitado la bolsa de la cabeza, señor, tiene la nariz aquilina y enorme, señor, como la de mi hermano, mi único hermano, señor, muerto en un duelo a los veinticinco años, señor.

Le medio mintió Antonio a su capitán. Al capitán no le importó ni que le mintiera ni por qué lloraba. Quería probar sus talentos de secretario nomás.

—A mi despacho, soldado.

Antonio miró por vez postrera a sus villanos ya vueltos flores marchitas de cabeza a pies, todo hacia abajo. La carne muerta busca la tierra. Lo último que sabe un hombre o una mujer, o incluso un niño muy pequeño, es que recibirá el abrazo de la tierra que va a abrigarlo como una madre. Pero ya no serán esos cuerpos de ellos, como no eran estos cuerpos ya de los ahorcados. Los recibe la tierra como una olla los ingredientes. Y hace vidas nuevas, la suya, la de Tierra entera. Pero esto no lo pensó Antonio que marchaba firme, borrando con las mangas las señas de sus lágrimas por la Cotita que terminó frita en la hoguera junto a otros ciento veinte maricones que en verdad eran más, decían doscientos, pero hubo mucha excepción de personas pese a la voluntad del rey. Antonio fue directo hacia el despacho del capitán.

11

Se va uno a dormir un día y se despierta al siguiente, y es por esta causa que los días aparecen cortados los unos de los otros. Pero no. Se suceden sin borde, empiezan y terminan por cualquier lado. O por ninguno. Salvo que se tome al sol como principio y fin. Aun así, no están separados. Debió haberse enterado en el bosque cercano al convento. En las batallas en la Araucanía. En las vísperas de patíbulo que ha sobrevivido. Se entera ahora. Cuando lo rigen los despertares intermitentes de las niñas, sus hambres caprichosas, los juegos de bolitas, los de orejas. Antonio se entrega. Se dedica a sentir que el tiempo pasa como un río al que se le pone y se le sale el sol. Una corriente. Como la que lo está atravesando ahora mismo, en el embeleso de caer en la carta que le escribe a la tía. Se deja llevar. Cómo podría hacer otra cosa. Cómo explicar con palabras de este mundo que parte de sí un barco llevándolo. Navega, Antonio, en esa escritura que es y no es él. Lo hamacan los cantos. Las respiraciones de las niñas y los monos. El latido cálido de la Roja pegada a él. Los cascos cada vez más lejanos de los caballos. La música de la selva.

Los croares. Los rugidos. Los zumbidos. Los trinos. Las fragancias dulces y ácidas. Y las palabras que le salen de los dedos.

—Antonio, che.

Aun sentado debe bajar los ojos para encontrarse con los de Mitãkuña. Tiene las mejillas casi rojas. Está más rozagante, se felicita Antonio. La perrita también lo mira. Sonríen las dos. Roja con la boca entera. La punta de la lengua rosa en el borde oscuro y entre los colmillos.

—¿Qué os sucede ahora?

Mete una mano en el bolsillo y la saca llena de pindós. Lleva días llenándolos y vaciándolos con los mismos frutos. Ya casi se olvidó de que es posible llenarlos con otras cosas. Los dientecitos blancos de la niña parten el primero.

—¿Tu mamá dónde es?

—Lejos, en España.

—¿Abuela tenés, vos?

—No, Mitãkuña. Tengo una tía. Y vosotras, ¿tenéis mamá?

—Sí. Y papá y tías y abuelas.

—¿Dónde están?

—Cerca, che.

—¿Y por qué no os buscan?

—Por tus malos espíritus. Pero son cerca, cerca, che. ¿Dónde es España?

—Lejos, allende el mar. ¿Queréis jugar con las bolitas?

Quieren. Trazan la línea. Hacen el agujero. Tiran una. La agarra el mono mayor y trepa con el menor al palo santo. La Roja les ladra. A la yegua y al potrillo sólo les interesa andar de acá para allá. Están buscando desenredarse. Una salida de la maraña. Mira a sus huestes, Antonio. Las niñas, la perrita y los monos, tan escapados de la muerte. Como él mismo. Igual de fugitivos. Igual de sobrevivientes. Salvo los caballos. Se diría que madre e hijo nunca estuvieron en otro lado, sólo en su propio mundo de orquídeas y leche. Orquídea, entonces, la madre. Leche, el hijo. No se le ocurre cómo llamar a los monos. Ha de preguntarles a las niñas la próxima vez que lo interrumpan. Ahora que juegan puede escribir un poco más. Quiere mecerse. Sigue con la carta.

Mis piernas se cobraron su vida independiente, tía, y el pecho y las espaldas y también la nariz y los mismos ojos. Crecióme el cuerpo de meras ganas, turgente yo latía como latíanme las manos que se me hicieron duras para evitar el hambre. Hube de alimentarme de castañas, querida, como si mis manitas tuyas, esas que acariciabas con dulzura, hubiéranse separado, recortado de vos y de mi vida de hija y de novicia, merced a las espinas de las castañas que fueron, junto a los hongos y algunas raicitas, lo único que hube de comer durante aquel camino, que no fue uno sino no sé cuántos que anduve de acá para allá aquella vez, la primera de todas las marchas que emprendí sabiendo qué dejaba atrás empero no sabiendo qué hallaría delante. Las castañas se arman, se cubren de esas agujas que son como lanzas muy pequeñas y defienden su destino de castaño, su deseo de hundirse en la tierra ciega para desplegarse a la luz, dejarse crecer en árbol y sentirse las hojas comiendo sol en el sol. He de haberme tragado medio castañar futuro en esos días y el medio castañar me sangró las manos que sanaron, sí, mas ya callosas. El futuro de aquellas simientes de los castaños soy yo. Y estas manos que cuando llegué a Vitoria todavía eran blandas porque a las manos las terminan de hacer la guerra y el trabajo de los hombres, creía yo entonces. O lo creí más luego. Mucho tiempo lo creí.

—¿Mba'érepa?
—¿Qué cosa, Michī?
—¿Mba'érepa?
—¿Qué dice, Mitãkuña?
—Que por qué come nubes.
—¿Quién?
—Dios, che.
—Porque le gustan, como a ti te gustan los pindós, Michī.
—¿Mba'érepa?
—Porque sí.
—¿Por qué no come naranjas, che?
—Porque ese día todavía no las había creado.
—El rayo-trueno ya estaba.
—¿Qué rayo-trueno?
—¿Mba'érepa?
—¿Cómo se llaman los monitos?
—Yvypo Amboae y Antonio.
—Mira tú. Yo creía que se llamaban Mitãkuña y Michī.
—¿Mba'érepa?
—Por vuestras monerías, Michī. Debéis elegirles nombres.
—Tekaka.
—¿Y el más pequeño?
—Kuaru.

Las niñas se ríen. Antonio se contagia.

—Caca y Pis, che.

—Pues qué nombres más feos que habéis elegido para dos monitos tan lindos. Pues sí, que sea como vosotras decís. ¿Y cuál es Caca y cuál Pis?

—Tonto sos vos, che. Tekaka es el más grande.

Ese día que entré en Vitoria, tía, todavía no eran fuertes como habrían de ser y no sabía yo dónde acogerme y anduve girando sin que se cansara mi cuerpo de andar, aún no se cansa, soy arriero, ya te lo he dicho, y ando sabiendo a dónde voy mas aquellos días no lo supe hasta que di con Pedro de Cerralta, catedrático de allá, que apreció mis latines que yo creía pobres, como de misa los creía, mas pronto me vi leyendo a Santo Tomás y vestido dignamente. Vistióme ese Pedro que, supe luego, estaba casado con una hermana de mi madre. Yo no la recordaba, la habría visto cuando muy niño tal vez, no fueme necesario mentir que no la conocía como sí mentí mi nombre. ¿Quieres saber cuál fue el primer nombre que elegí? ¿Lo adivinaste? No Cristóbal Colón, no, Francisco, por el pobrecillo de Asís, y Loyola, por el general Iñigo. Y está visto fue un nombre bueno para el buen joven que yo estaba siendo porque a ninguno pareciéronles extraños el nombre ni el mozuelo.

La memoria, tal vez lo sepas, es cosa muy dislocada: ni se recuerda ordenamente, ni todo lo que se vivió, ni siquiera lo que se cree poseer se posee ni puede darse por perdido lo que perdido está. Porque, tía, ¿cómo saberlo cuando se es solo como solo he sido y soy no obstante mis animales que son conmigo, somos juntos nosotros, y recuerdan también, por supuesto, pero con su memoria muda de bestias? ¿Cómo saberlo cuando los recuerdos no pueden sostenerse ni de un nogal ni de una iglesia ni del hogar de una cocina ni de otras gentes? Cuando la vida discurre como discurriría un río sin cauce, un caudal que errara cayendo a tontas y a locas por donde se le fuera haciendo suave el camino mas estrellándose y quebrándose con tanta piedra angulosa como vaya encontrando en la pendiente. Con esto quiero decirte que recuerdo cosas que no pude haber visto cuando todavía mozuela corrí de vos y cuando ya mozuelo corrí de la misma España sin saberlo aún, allá en el bosque, porque a ver estrellas y árboles y animales aprendí mucho después. De haberlos visto, entonces, vílos apenas como dirección, refugio y flete, comida o amenaza, pero quién recuerda, aquel mozuelo recién nacido de tus cuentos, de tu llave, de cada puntada del vestido nuevo o este arriero que lleva una carga de lienzos, que marcha junto a sus bestias y con ellas se da calor en las noches que, debes saberlo, acá a veces son frías y bien mojadas y

—Che, vos: ¿por qué no come caca y pis?
—Otra vez…
—Dios, el papá de Dios.
—¿Mba'érepa?
—No han de gustarle los monitos, Michĩ.
—Nde japu! Caca y pis de verdad, che.
—Porque todavía no los había creado.
—¿Mba'érepa?
—Porque no.
—¿Ahora come?
—¿Por qué no las comes tú?
—Jatu, che. No come nubes.
—¿Mba'érepa?

—Aire son, che.
—La comida, ¿la trae tu madre?
—No, che.
—¿Quién la trae?
—Ka-ija-reta, no los conocés, vos.
—¿Quiénes son?
—Los dueños de la selva. El espíritu del tapir, del yaguareté, de la yacutinga.
—Los espíritus no traen nada.
—¿Mba'érepa?
—Porque no existen, Michĩ. Son supersticiones, cosas que Satanás pone dentro de tu cabeza.
—¿Quién es Satanás?
—Iros de paseo.

Michĩ se para, camina sola. Es la primera vez que lo hace desde que está con Antonio. Y desaparece. Como tragada por las hojas. Como si se hubiera vuelto verde. Hace dos días no podía ni sostener su cabecita. Se repone rápido. O se la tragó un yaguareté silencioso. O se volvió serpiente. O pájaro. Acaba de pasar un anó grande. Azul, azul. Ha escuchado que estos indios saben hacer cosas así. Convertirse en animales o plantas. No lo cree, así que va a buscarla: no le gustaría que se la almuerce una fiera. El espacio que se abre delante es difícil si lo que se intenta es buscar a una niña pequeña. Podría esconderse detrás de cualquier tronco de palo santo. Dentro un yvyrá pytá, que son unos árboles vivos que tienen el tronco hueco. Arriba de cualquier árbol. Debajo de cualquier enredadera. Detrás de un güembé, una de esas plantas de hojas enormes como dedos si hubiera manos verdes de veinte dedos y con agujeros, que crecen por todas partes. Hacia el lado del palmitar seguro que no fue, la vería. Camina y la llama. Una hoja de güembé se mueve, arriba, en la copa del yvyrá pytá. Ahí está, escucha su respiración. Sube. Hay una yaguaretesa dorada como si la abrazara el sol. Echada en una rama grande. Michī adentro de su luz. Ovillada en su vientre. Parecen una estrella. No puede ser. No es. Ahora ve a la niña sola subiendo más alto. Se queda sentado, esperando que se aburra. Se aburre. Bajan. Está agotada. Lo abraza. La lleva en andas. ¿Tendrá una fiebre de trópico? Cómo es que vio a la pequeña con una tigra. Sigue escribiendo, Antonio, y se olvida de las fiebres y la tigra.

Recuerdo hoy, tía, y es por eso que te relato recuerdos de cosas que no existieron del todo cuando me sucedieron. Del tal Cerralta no es mucho lo que se me viene, salvo que aficionóseme y yo a él; apreciaba, eso decía, mis lecturas en latín, mi diligencia, yo su certeza de estar hablándole a un mozuelo y sus regalos. Temía a la muerte, Cerralta, temía secretamente que no hubiera más que este mundo o que el otro le fuera ingrato, esto no lo recuerdo, esto lo entiendo hoy mientras te escribo estos pliegos y como frutas tan gustosas como no has probado nunca, que este mundo nuevo es viejo y tiene árboles antiguos y antiguas selvas pródigas en delicias, no hallo modo de escribir estos sabores, estas delicias que son las Nuevas Indias en la boca. Quiero hablarte del temor de la muerte, eso que hacíale sufrir a Cerralta y yo comprendo hoy mas no comprendía en Vitoria tantos años atrás cuando el tal tío mío que ignoraba serlo sometíame a leerle una vez y otra y setenta veces siete más las mismas palabras en latín, las de Santo Tomás de Aquino, habrás de recordarlas no obstante no ser de los cuentos que preferías, a ti te gustaban, ¿seguirán gustándote?, los del mundo lleno de océanos y barcos y animales exóticos y árboles altos hasta el cielo y frutos que estallan pletóricos de jugos y estrellas moviéndose como muévense los pájaros. Y concertados todos ellos en danzas inconmensurables para mayor gloria de Dios Nuestro Señor. El amor del mundo dice que sí, mas no era eso lo que yo leíale a Cerralta, el que sufría el temor de la muerte o mejor habría de decir de la vida después de la muerte. Eso viene a ser de la muerte al fin al cabo, ¿verdad, querida? Hacíame vociferarle los pasajes de la Summa Theologiae *de cómo será el mundo después del Juicio, esto sí me lo acuerdo aunque no si las palabras son las justas: "Todo el mundo y también los astros del cielo fueron creados para el hombre, pero cuando éste sea glorificado no tendrá ya necesidad de esas influencias y movimientos de los astros que ahora alimentan aquí el desarrollo de la vida: por eso, los movimientos de los astros entonces cesarán". ¿Tú crees que todo el mundo fue creado para el hombre, hasta los astros del cielo? ¿No habrá sido más bien todo el mundo creado para todo el mundo? ¿O el hombre para los astros? ¿O los astros para los árboles y los árboles para las piedras?*

No hallaba fácil Cerralta figurarse ese Mundo de los Justos con los astros que se estarían quietos: "¿Ha de ser así, Francisco? ¿Estás leyendo lo que está escrito?". Y me los sacaba de las manos y me hacía traducirle cada palabra y entonces sí, que el mundo será muy mucho más luminoso, Cerralta asentía, para que los hombres puedan ver a Dios, "Hombre, claro, si es para eso que se hace el Juicio, para ver a Dios Nuestro Señor", afirmaba con certeza que lo con-

solaba y poníase de buen humor y me instaba a continuar. Interrogábale yo acerca de si no le parecía más prudente hablar de tan graves cuestiones con un prelado, a lo que él contestábame: "Hijo, es lo que hago, hablado he con decenas dellos y, ¿sabes?, respóndenme cosas distintas, apenas si se encuentran sus dichos en la contemplación de Nuestro Señor por parte de los Justos", y animábame a que siguiera leyéndole y seguía yo, era ése mi trabajo. Y, cuando llegaba a la parte de "Entonces ya no habrá necesidad de animales ni de plantas, porque ellos fueron creados para conservar la vida del hombre, y el hombre entonces será incorruptible", "¿Vos creéis, señor, que el mundo ha de ser quieto y vacío?", le preguntaba yo.

—Che, vos.

—¿Qué?

Mitãkuña le tapa la boca y señala arriba. Una vibración. Una agitación del aire.

—Acá es. El rayo-trueno.

—Es un colibrí.

—Un rayo-trueno.

—¿Qué hace el rayo-trueno?

—Fuego hace. Cuando se enoja.

—¿Y cuando está contento?

—Vuela y come de las flores, che, lo ves, vos.

El pájaro, un milagro a su manera. Irisado. Tan veloz y tan quieto. Mueve sus alas con tal velocidad que no se ven. Y está suspendido en el aire hasta que se va. A las flores.

Que no sabía me decía, querida, que a él también quitábale la paz esa imagen del mundo desierto pero más quitábasela la cuestión de cómo habrían de resucitar los cuerpos: ¿Enteros? ¿Con lengua para hablar? ¿Necesitarían hablar los Justos como necesitamos hablar los mortales para entendernos? ¿Y qué necesidad de entendernos tendríamos cuando ya no tuviéramos necesidad de nada? Y, en el caso de un ladrón al que se le hubiere cortado la mano en pena por sus pecados, ¿le sería restituida a su cuerpo en la resurrección? Y la costilla de Adán de la que salió Eva, ¿será parte del cuerpo de Eva o le será devuelta a Adán? Y, ésta era una de las angustias más fuertes del tío mío, dado que no tendríamos necesidad ni apetitos y al no haber ya muerte no habría nacimientos, el cuerpo ¿resucitaría con las partes de la concupiscencia cortadas? ¿O sólo inútiles?

Tía, el viejo se ponía bravío. Se apretaba las partes, juraba no volver a pecar, se le hinchaba lo que se apretaba y seguía jurando y pidiendo a Dios que perdonáralo y huía. A la catedral, supe más luego, a confesar lo suyo. Los primeros meses allí fueron de ese tenor, las tardes de lecturas y preguntas y más lecturas y más preguntas y Cerralta pidiéndole al Señor que lo salvara de sí mismo mientras los ojos se le entrecerraban y se le mojaban y se agarraba más fuerte y salía corriendo. Me di cuenta de que no iba a ser posible quedarme mucho ahí; decidí esperar a que pasara el invierno en la creencia de que el frío haría lo suyo sobre las fiebres del tío mío, mas estuve errado: las angustias y los apetitos de Cerralta hiciéronse más apremiantes con la oscuridad y la nieve.

Por causa de las primeras, las angustias que le daba el temor de la muerte, quiso obligarme a tomar estudios para que respondiérale yo sus preguntas, lo que yo no quería. Quería andar, no ser letrado; de haber querido estarme quieto me hubiera quedado contigo, escuchando tus historias y rigiendo a tu lado con mis calzas bajo el hábito. No sólo letrado me quiso, sus inclinaciones eran otras, pero prefiero no infligirte el dolor de saber los vicios de tus parientes porque Cerralta era casado con una de las nuestras, de las mías. Te bastará saber, ¿te basta?, que hui de él antes de que acabara el invierno, cuando dejó de correr a la catedral angustiado por sus ardores, cayó presa de sus apetitos, y sus apetitos, insaciables ellos, necesitaron presa nueva y me eligieron a mí. Me fui de su casa, pero antes toméle unos cuartos. Había perdídole poco a poco toda afición y para cuando me vi obligado a trancar la puerta de mi recámara no le tenía ninguna. Hacer valer mi honor me hubiera costado la vida de andar que recién empezaba; sólo pude cobrarme esos pocos cuartos que le encontré y partir una noche tormentosa, sabiendo que también le temía al agua, temía la muerte por agua o por rayo y ese pavor era más fuerte que sus fiebres, a mitad de enero por lo menos. No podía, no quise tomar el riesgo de que febrero le hiciera perder el miedo a todo lo que fuera no ser satisfecho.

—Che, Antonio.
—¿Qué quieres ahora?
—¿Quién es Satanás, vos?
—No, no soy yo, Mitãkuña. Es el ángel caído.
—¿Qué es un ángel, che?
—Pues... un mensajero de Dios. Son como hombres con alas.
—¿Dónde son?
—En el cielo, con Dios.
—¿Los viste, che?
—No, casi nadie puede verlos. Sólo los elegidos.

—Como Ka-ija-reta, vos.

—No, es distinto.

—Nahániri.

—¿Mba'érepa?

—Porque lo dice la Biblia, Michĩ, que es la palabra de Dios.

—¿Mba'érepa?

—¿Queréis algunos ubajay?

—Puaj, che, buscá otra cosa.

—Buscad vosotras. Id cantando, así sé que estáis bien aunque no os vea.

Rápidamente me conformé con un arriero, tía, uno como yo, que me llevó por pocos reales junto a su carga: un carro con piso de heno y de gallinas lleno. Recuerdo, esto sí, que dieron algunos huevos y eso y queso comimos por el camino cuando no yacíamos, gallinas, arriero y yo, bajo las mantas. Recuerdo fueron largas y muchas esas leguas que me sacaron por vez primera de la Vizcaya, y que eran naranjas y negras las gallinas: las plumillas se pegaban a mis vestidos, me daban toses y el arriero reía como me río yo ahora mientras te escribo en letra formada este pliego y las mariposas, es la mañana, están despertando de su sueño arracimado en las ramas de los árboles y en las lianas. Ahora mismo estoy muy quedo y mis animales quedos, todos ellos, mi yegua, su potrillo, mi perra la Roja, no te he hablado de ella aún, creo, es extraño, ya habrá tiempo. Quedos todos estamos y encantados: han llegado las mariposas. Nunca has visto tantas, yo no las había visto de a tantas hasta ayer, eran algunas, luego más, luego vime envuelto en una nube de mariposas grandes como puños y pequeñas como abejas, las unas naranjas y negras y las otras azules y las unas verdes y las otras rojas y las otras violetas. Vímonos envueltos en una nube dellas que hacían sus pequeños vuelos. Vuelan de modo diferente a los pájaros las mariposas, suben y bajan y se detienen en el aire y no obstante avanzan inmersas en el aire amarillo y entre las hojas y las ramas de la selva y destellan sus alas: se les refleja el sol y se aterciopela, se hace suave el aire y, con el aire, todo. Ellas siguen de aquí para allí, de una flor a otra, y atardece y comienzan a posarse sobre los palos santos y las pindó y llegan las más rezagadas, las que no le temen al frío y van sin dudarlo hacia una rama en especial de tantas tan llenas de mariposas que acá hay y cuando están por posarse entre las otras, no parece ya haber lugar para una más, entonces sí dudan: aletean unos instantes en el aire como temiendo quebrar la rama y con su levísimo peso parece imposible pero, tía, habrías de ver las ramas cómo se comban hacia el suelo por el peso de tantas. Y el suelo mismo lleno de mariposas habrías de ver, porque las hay también que mueren aquí.

¿Crees que el Mundo de los Justos podría ser sin animales ni árboles? ¿Puras rocas? Un desierto, querida mía, un desierto inconmensurable, hecho de piedras, desnudas todas y abrasadas por el sol. ¿Podrá estar equivocado Santo Tomás? Muchas veces me lo hizo leer Cerralta: dice esto que te escribo, tía, lo recuerdo bien.

Se sobresalta. Tekaka se ha subido a su cuello. Arroja una rama a sus pies. Tiene frutos bordós, amarillos, naranjas, rojos. Pequeños. Kuaru comienza a comerlos. Antonio se anima. El sabor es suave, refrescante. Come más. Las voces de las niñas se acercan. Se sientan en torno a la rama y muerden los frutos.

—Ésta tampoco es tu naranja, che, Antonio.
—¿Mba'érepa?
—Porque es pytangy, Michĩ.

12

Sentado en la penumbra de su despacho se mordía las uñas el capitán. La luz del candelabro le caía aviesa, en diagonal. Le destellaba la calva bajo la mata de pelo escaso. Detrás, la punta del escudo y la corona dorada lo enmarcaban de oro y perlas. Lo hirió el rayo que partió de la calva del capitán: levantó la mirada para entender qué le pasaba al tarado del secretario que no obedecía su orden.

—Entra, so gilipollas.

Antonio dio algunos pasos, se acercó un poco a la mesa repleta de papeles escritos con la caligrafía elegante del imperio. Palabras fuertes que a unos les hacen la vida y a otros la muerte. A unos el oro y a otros el hambre. Le quedó el ojo derecho herido, con un hilo de agua. Y la pregunta de si se bruñiría la calva entera antes de peinarse para adelante cada mañana su capitán. Con qué ungüento lo lograría. Qué capitán coqueto y qué militar. Ese bruñido es de munición. Antonio estaba admirado, mas bajó la cabeza y avanzó los pasos que le faltaban. El tipo otra vez le estaba gritando gilipollas. Temía ofender al jefe, pero las manos se rebelaron. Defendieron sus narinas del hedor. Cerró la boca para no vomitar. El capitán se paró. Agarró el candelabro —se desvaneció el escudo del sacro imperio— e iluminó unos bultos cubiertos por paños negros. Sacó los paños. Antonio entendió. Ahí había dos jaulas. Adentro de una, un mono gordo, uno muy flaco y otro raquítico, ya muerto. En la otra, una criatura muy pequeña y flaca como un alambre. Michī. Los huesos le blanqueaban la piel. El capitán habló con tristeza en la voz:

—Esto que tienes delante de tus ojos es todo lo que queda de un grande hombre, de un buen amigo, el santo obispo. ¡Toda su herencia! ¡Vanidad de vanidades! La vida entera, ¿y qué es lo que queda?

Eso que estaba viendo Antonio parece que quedaba. Criaturas y monitos en jaulas llenas de moscas y de excrementos.

—Un experimento la herencia del prelado, que era un hombre de ciencia. Hizo muchos experimentos. Su vida estaba consagrada a la adoración del Señor. Con los experimentos, querido Ignacio, me decía, conocemos mejor el mundo que Él ha hecho. Y conocer su creación es adorarlo. —Se interrumpió el capitán. Se contuvo. Empero con el aliento se le escapó un muy emocionado—: Ay, querido amigo mío.

Un pequeño silencio más. Y siguió.

—El obispo bien sabía que los indios tienen alma, podría no ser evidente, secretario, mírela a ésta, mas tampoco evidente es la resurrección de Cristo y no por eso deja de ser la verdad más grande del mundo. Lo que no sabía el prelado es si estos de la selva tenían cabeza. Claro que se las veía, pero no sabía si usaban la cabeza que llevaban sobre los hombros y también dudaba de que tuvieran cabeza de jerarquía: los monos tenían. El muerto es el soldado raso, el flaco el alférez y el gordo el capitán. El obispo consideraba que si quisieran tendrían ejército, es decir reino, oro y leyes, los monos caí. En cambio esas bestezuelas ni muertos de hambre y sed podían organizarse, se repartían los mendrugos y las gotas por igual. Los otros dos casi murieron. O murieron y les dio cristiana sepultura, no lo sé. ¿Qué inteligencia era ésa? Todos muertos donde podría haber uno vivo. No saben hacer cuentas los indios esos que hay en la selva —afirmó apenado el capitán. Aunque enseguida se alegró:

—Las selvas son nuestras.

—Señor, sin duda alguna, señor, hemos vencido y venceremos a estos y a todos los que se atrevan a resistir nuestra fuerza que nos da Dios para que propaguemos su Santo Nombre en el orbe entero y salvemos las almas de los salvajes para Su Reino.

—Y para el nuestro, secretario —se rio el capitán y Antonio lo coreó.

—¿Y cómo termina el experimento?

El capitán no sabía y, ay, ya no tenía a su amigo para preguntarle. Era día de gran duelo, no podía pensarlo entonces. Quizás la dejara ahí hasta el final. Quizás la liberara al día siguiente. Quizás haría él también ciencia. ¿Cómo se cría al siervo perfecto? Uno que no lo traicione nunca.

—Hasta a Dios lo traicionó su pueblo, capitán.

—Es cierto, es cierto. Pero Dios da libre albedrío. Y yo no soy Dios y nada libre doy.

—Y los monos, ¿habrán de ser siervos también?

—No seas zurumbático. Y deja de distraerme. Ve tú a lo tuyo, secretario, y déjame a mí mi ciencia.

Le ordenó que se ocupara de todos esos papeles mientras llegaba alguno de los pelotones con un cura para hacerle una digna misa al pobre obispo que ya era carne de gusanos. Que vigilara las dos jaulas, le ordenó también, que no quería que se las robaran. Antonio ya estaba sentado. Y no le contestaba más que sí señor. Claro señor. Como vuestra merced decís ha de ser señor. Pensando qué imbécil este tipo, quién iba robarle indios y monos. En estas tierras nuevas está lleno y quien los quiere los tiene, sería como robar ramas en la selva. Leyó todos los papeles, *camina la Virgen pura de Egipto para Belén.* Comenzó un orden. Montaña de pedidos de los señores nobles, *y en mitad del camino, el Niño tenía sed.* Montaña de criollos. Montaña de las cuentas en debe y haber. Montaña por pagar. Prebendas señoriales. Órdenes del virrey y los comandantes. *Cieguecito, cieguecito, si una naranja me dier.* Trabajó y trabajó muy hacendoso. Ya casi acostumbrado al hedor mefítico. Qué suerte que ni los monos ni los niños muriendo de hambre hacen ruido alguno. Le quedaba una montaña, la de las urgencias. Encaró el desafío de acomodarlas por prioridad, con qué criterio, *para la sed de este niño un poquito entretener.* Antonio se escuchó cantar y se detuvo. La sed de este niño. No le había cumplido su promesa a la Virgen del naranjel en modo alguno. Ni había escrito la carta. Ni había evitado la ejecución. Ni había acompañado realmente a sus reos. La Virgen lo había hecho ver y le había salvado la vida. No había promesa cumplida que alcanzara. Ni hablar de promesas por cumplir. Tendría que hacerle dos. O mejor tres. Como las tres Marías. Que son tres y no una ni setenta. Bueno, iba a tener que pensarlo bien. De lo que estaba seguro era de que en la jaula había una niña muy pequeña con mucha sed, bien lo aclaró el capitán. Podría traerle naranjas. Era buena idea. Se alegró. Se dispuso a buscar un naranjo. Mejor partía pronto ya que sería difícil encontrar uno en estas selvas llenas de frutos salvajes y embriagadores mas con pocas naranjas y naranjeles. ¿Cuántas naranjas serían suficientes para cumplirle? Volvió a cantar con su voz diurna, la de tenor, encaró los versitos para saber. *La Virgen, como era Virgen, / no cogía más que tres. / El Niño, como era niño, / todas las quiere coger.* A la Virgen le bastaba con tres, razonó. Pero el niño *todas la quiere coger.* Entendió súbita y certeramente que había de obedecer al Niño, que es Dios hecho carne, y además la Virgen, que es madre de aquel Niño y de todos los del orbe, que es incluso la madre de los indios más brutos, sabría apreciar que dieran gusto a sus niños. Ya tenía un plan. Habría de llevar a la niña a un bosque de naranjeles que creía haber visto en plena selva, antes de que lo prendieran, a unas diez leguas del pueblo. Quién sabe cómo llegó hasta ahí. Habrá sido un ermitaño de gusto hispano. O un desertor. O tal vez otro milagro lo puso en su camino para que pudiera cumplir de manera inmejorable la promesa hecha a su Virgen del naranjel. Después del funeral, bebería con el capitán, le hablaría en vascuence, le cantaría canciones de aquella madre patria que añoraba. Sus prados tan verdes. La gente que habla con la lengua en la que sueña. La niña de sus ojos y su mujer. Le pondría una yerba dormidera en el cáliz noble por si el milico no añoraba tanto. Y por si el vino le daba mal sueño. Se llevaría a la niña. Le cortaría naranjas hasta que se hartara. Y más luego volvería a ponerla en la jaula del capitán, que aún estaría dormido y no notaría nada. Antonio habría cumplido aunque más no fuera la primera de las promesas que le debía a su Virgen. Terminó su trabajo. Se paró. Le dio un poco de agua a Michī. Tenía miedo pero la sed la venció. Tuvo que darle en la boca. Antonio estaba muy contento. Era evidente que moría de sed. También era evidente lo que le había dicho el capitán. Nunca serían ejército. Nunca un imperio. Nunca fundarían nuevos mundos. Qué pobres indios bobos. Quién podría culparlos a él y los suyos de someterlos.

13

Las niñas están volando, abrazadas al cuello de la tigra estrella. La tigra se arroja sobre Antonio. Con las garras abiertas. Los dientes al viento. Rugiendo. Siente la lengua en la cara y, espada en mano, levanta el brazo para acabar con la alimaña. Estaba soñando, cree. La ve a tiempo. En un instante que de tan pequeño se diría inexistente logra contener la fuerza. La espada corta blanda unas ramas al lado de la Roja, que tiene la cara pegada a la de él y le muestra los dientes. Se percató de la violencia inicial de su gesto. Ahora se percata de que no hay riesgo. Lo despertó su lengua. Toda la cara lamida, pegajosa, tiene Antonio. Desde el suelo ve fijas en él las miradas espantadas y redondas, las pestañas arqueadas de la perra, Mitãkuña, Michĩ, Kuaru y Tekaka. Los únicos que no parecen esperar nada de él son Orquídea y Leche, que están caminando cerca de la orilla del río. Los carpinchos —sus cuerpos semiesféricos, las manitas hábiles— apenas los perciben se quedan quietísimos en la posición en la que están. Uno de ellos tiene el cuello estirado hacia unos yuyos. El otro una pata en el aire. Otro más las dos manitas en el gesto de arrimar unas hojas a la boca. Como los caballos no se detienen, buscan un sendero para seguir caminando, optan por hundirse en el río en estampida. Plop, uno de los mayores. Plop, plop, plop, los pequeños. Plop, el otro mayor. Mitãkuña dice:

—Hambre, che, vos.

—Antonio. Leche de yegua tengo.

—Puaj, che, vos, Antonio. Hacé fuego.

Y se va con la Roja. Antonio busca ramas, hojas, semillas secas. Rápidamente aviva las brasas. La niña vuelve con una olla de terracota llena de huevos enormes, celestes con pintas negras, de qué ave serán, y frutas. Mitãkuña se la da a Antonio, que entiende que tiene que cocinar. Huevos duros hace. Pone dos en cada cuenco de coco. Las frutas las parte y las reparte en porciones iguales, incluyendo a Kuaru y Tekaka. Le da un huevo crudo a la Roja. Comen juntos alrededor del fuego. Mitãkuña y Michĩ parecen escuchar algo. Unas voces podrían ser. Los indios. Cerca. O lejos. A juzgar por la olla y los huevos, cerca, piensa Antonio, que ha dormido muy poco, le ha escrito tanto a la tía, pero todavía es capaz de calcular distancias. Una olla con huevos es un indicio claro de cercanía. O no. Pudieron haberla traído y haberse ido. Qué más le da, mientras les manden comida. Las voces de las niñas son dulces. Como una caricia cuando creías que ibas a morirte solo. Así de dulces. Mueven los pies y las cabecitas. Cantan. Las mejillas se les han llenado un poco. No son feas. Son hermosas. Antonio contempla sus caritas. Sus manos. Sus panzas redondeadas. Están mejorando muy rápido. Y les vendría muy bien un baño. Cuando parezcan cansadas ha de llevarlas. Opondrán menos resistencia. Tiene razón. Llegado el momento, no se quejan. A la menor la lleva en sus brazos. Todavía está un poco debilucha. O se ha encariñado. En el río, le sostiene la cabeza y la base de la espalda. Michī sacude los brazos y las piernas. Ahuyenta a las bogas que se ven como se ven los rayos del sol formando círculos dentro del agua que se diría verde si no se dijera transparente. Se ríe y salpica a Antonio. Y a los monos, que se derraman agua en sus propias cabezas. Cuando vuelven a la orilla, aprieta sus manitas en la nuca de Antonio. Lo abraza. Huele a cachorro. No sabe cómo lo sabe, ¿cuándo se ha detenido a oler cachorros, niños? Pero es olor a cachorro. Orquídea y Leche se alejan. La orilla del río. Esa franja pequeña sin follaje. Se irán por ahí. No sabe si atarlos. No. Se los comería cualquier otra fiera. Los va a necesitar luego. Buscará otros si se van, decide. La Roja, que no metió ni una pata en el río, se suma al contingente moviendo la cola. Van hacia el fuego. Antonio busca más palmas y ramas. Las apoya sobre una liana que traza un círculo a unos tres pasos de las raíces del yvyra pytá, que le han servido de silla hasta ahora. Arranca un tocón haciendo palanca con una rama durísima. Se mudan de árbol. Éste será mejor para las siestas. Es hueco y hay en su interior un aire fresco. En ningún otro lugar de la selva salvo en estos árboles hay. Cuánto trabajo. Qué dolor de espaldas. Cómo le cae el sudor en los ojos. Cómo se le pegan las abejas sedientas de agua salada. Cómo lo pican los mosquitos y las barigüís. Cómo es que ha terminado así, cuidando de niñas y caminado por insectos de toda laya. Lo ayuda Mitãkuña. Ponen un círculo de piedras en el centro de la casa. Antonio lleva las brasas. Tienen mesa y fuego. Mañana ha de hacer la puerta. Esto está bien, piensa Antonio. Ya llegará el almuerzo. Apoya la espalda en su árbol silla. El tintero en la mesa nueva. Se dispone a escribir.

Creí que me quedaría sin manos, tía, en el camino a Valladolid. Era tanto el frío que dormíamos todos, incluso las gallinas, abrazados bajo muchas mantas, la mayor hacía de techo abajo del toldo de cuero para atrapar al frío y las pequeñas envolvíannos como si fuéramos orugas. También dormíamos, el arriero y yo, bajo las gallinas y con las gallinas entre nosotros dos y también con las gallinas en nuestras espaldas. ¿Sabes cuánto puede calentar una gallina en invierno? ¿Y treinta gallinas? ¿Y has notado que las miradas de las aves siempre parecen nerviosas? Ha de deberse a que se ven obligadas a mover toda la cabeza por tener los ojos a los lados. Las lechuzas, que son aves mas los tienen de frente, se ven calmas. Una gallinita joven se me había aficionado, me seguía incluso cuando iba a hacer mis cosas privadas. Respetábame, se quedaba como de guardia, moviendo su cabecita a un lado y al otro y dando pasitos pequeños, dejábame un metro de intimidad, mas en cuanto me subía las calzas y daba mis pasos yo, corría ella alocadamente, aleteando, moviendo tanto las patas como la cabeza o tal vez más la cabeza, levantando esos vuelos cortos, como desordenados, graciosos de las gallinas. Agarrábala después de un rato de jugar con ella, me corría, corríala yo, y metía las manos entre sus plumas y ella me las empollaba y creo que fue así que llegué con diez dedos a Valladolid. Ahora que recuérdola, que recuerdo todo el aire caliente que guar-

daba entre sus plumas, me pregunto si no será que apenas vuelan las gallinas porque sus plumas sirven tanto para esa otra cosa y dígome esto y pregúntome por qué me ha dado por pensar que una parte del cuerpo debería servir para hacer una cosa en detrimento de las otras todas. Piensa mucho el hombre solitario, el que atraviesa los caminos junto a sus bestias, piensa mucho aunque cante, lea y le escriba cartas a su tía.

—Che, vos.
—¿Qué?
—¿Y Satanás?
—¿Satanás qué?
—¿Quién es?
—Un ángel malo, Mitãkuña.
—¿Tiene alas?
—Sí.
—¿De qué color?
—Blancas. No, no, negras y rojas.
—¡Nde japu! Naranjas son, che.
—¿Mba'érepa?
—Porque no existe, vos, Michĩ.
—¿Vuela?
—Sí.
—¿Rápido?
—Más que el rayo-trueno, Mitãkuña.
—¿Hace fuegos, che?
—Mucho. El infierno es un lago de fuego.
—¿Qué es el infierno?
—El lugar donde van a vivir los pecadores después de la muerte.
—¿Quién son los pescadores?

—¿Habéis traído las frutas?
—Nahániri.
—Pues traédlas.

Me asombra esta gallina aparecida en mi memoria como de la nada con todos sus detalles, tantos años después algo ilumínamela y me la rescata de la niebla espesa del olvido y acá la veo como si la tuviera frente a los ojos, como si pudiera guarecer mis manos en su plumaje ahora mismo. Me asombra también que se me aparecen las flores de los castaños, me nacen en la cabeza como pollitos rompiendo el cascarón, casi las veo, rompe primero la punta del penacho, rosa, rosa intenso pero de ese rosa que tiene un poco de azul de allá, todo lo de allá se me viene a la mente con un leve tono azulino, hasta lo blanco, hasta lo naranja, hasta lo amarillo, querida, mas luego veo los pequeños pétalos uno a uno como si de un chorro de leche se tratara y cada pétalo fuera una gota: aquí está el penacho entero y por fin el cascarón queda hecho nada y me aparece el castaño, como un árbol con guirnaldas, como allá les ponen en las fechas de fiestas, veo al castaño florecido y al castañar entero engalanado como para una fiesta en la Corte o como el cielo a la noche, lleno…

Le caen frutas a los pies.
—Tomá, che. ¿Por qué es malo?
—¿Satanás?
—Sí, che.
—Porque no quiere obedecer a Dios. Y engaña a los hombres para que cometan pecados y vayan al infierno.
—¿Mba'érepa?
—Porque no le gusta estar solo, Michĩ.

—A mí tampoco. ¿Vos?

—A veces sí. Ahora, por ejemplo. ¿Me dejas seguir escribiendo, Mitãkuña?

... de estrellas. La primavera llegaba antes de tiempo a Valladolid y no recuerdo esto pero seguramente habré visto el castañar pensando en ti: era ésa la primera vez que florecía sin que lo miráramos juntos. Despedíme de mi gallinita que siguió su camino a su nueva morada junto a las otras con las que había vivido siempre. Eran una herencia, lo que quedaba de un hombre, esas gallinas hermosas. Quién sabe qué quedará de mí, tía. De ti quedará el convento. Y tal vez yo.

14

Salió a ver si estaba todo tan magnífico como es menester en el velorio de un gran obispo. Después de unas horas en el despacho umbrío, la luz lo lastimó. Y a su ojo derecho aún le escocía la herida que le había hecho el rayo que partió de la calva del capitán. Se resignó a estar tuerto lo que restaba del día. Aun así, sin siquiera haber recorrido la mitad de la plaza, pudo ver la iglesia reventando de flores. Los pétalos sedosos buscaban volver al sol estirándose desesperados hasta alcanzar la puerta y el campanario. No estaba muy seguro de que esas flores bárbaras, carnosas y sensuales como sexos amarillos, fucsias, violetas, turquesas y azules fueran las indicadas para la luctuosa ceremonia. Sus vasos pringosos. Sus sépalos brillantes. Sus pétalos internos cubiertos de polen. Sus labelos intensos. Eran todo incitación, llamado, turgencia colorida y lujuria estas flores. Entrando a la iglesia, bajo las mil velas, los cálices llenos. Las abejas alegres libaban y zumbaban. Arcoíris verdosos y picos voraces de colibríes que vibraban como apariciones. Unas ranitas rojas de antifaz negro que croaban cada tanto mientras descansaban plácidas.

Le llenaron la iglesia de selva. No le hubiera extrañado que dieran la misa los monos caí. La iglesia estaba lista para las bodas paganas de un príncipe infiel. Escuchó un barullo. Llegaron diez curas. Sonaron las campanas. La nube de abejas, colibríes y ranas huyó de la iglesia. Quedó suspendida un instante entre el pórtico y en el campanario. Se estremeció el aire. Y partió. Era una estampida de todos colores en el celeste diáfano del cielo y enganchaba la atención de toda la gente como si hubiera aparecido un fantasma bailando. Antonio cerró la boca. Masticó dos moscas. Se concentró. Y ordenó que trajeran al obispo en el palanquín que había hecho cubrir de paños negros y lustrosos con cruces de hilos de oro bordadas por las indias con mucha virtud. Vestidos de gala y a paso marcial avanzaban ocho soldados soportando el peso de su santidad. Comenzó la música, las arpas que tocaban el Ave María. Aunque más parecían tocar la música de los ríos de acá. Los indiecitos cantores afinaban sus voces. Todos se sentían escuchando al Niño cantando en Belén. Una mancha gris en el cielo avanzó veloz. Se cernió inminente. Tomó todo el aire, los verdes destellos verdes de toda la selva llenos de amarillo bajo el cielo de plomo, y descargó un rayo. El trueno silenció todo otro sonido. Y, liberando un peso enorme, empezó la lluvia. Los diez curitas que estaban en el atrio uno arriba de otro dejaron de cantar. Callaron al coro y bajaron corriendo. Cinco se metieron en los confesionarios. Los otros cinco se arrodillaron. Los truenos, se sabe, son voces de Dios, y diez de los diez temían acabar como el pobre obispo con un pie en el infierno. Se turnaron, veloces, y se absolvieron todo. Incluso el jesuita que pecó con su madre ¡y contra natura! se ganó el perdón sin más penitencia que dos Padres Nuestros. Absueltos, volvieron al altar. Los indiecitos cantaban. Antonio también cantó. Se paró. Se arrodilló. Se volvió a parar. Besó al que tenía al lado. No necesitaba tener la cabeza ahí para hacerlo. Se lo sabía todo como todos. En la repetición hay, a veces, consuelo. Pero no lo necesitaba. O sí: lo apenaban las flores que se habían marchitado en el tiempo que tarda en llegar un trueno luego de un rayo. Creía que se habían marchitado un poco de pena al verse abandonadas de abejas, colibríes y ranas. Y otro poco del asco. Si hasta se habían desmayado seis soldados. Y el capitán general estaba pálido. El obispo hedía y lo único que podía hacerse era rezar porque los diez curas no dieran diez sermones. El pozo ya estaba hecho. Y hasta que llegaran los mármoles, un tablado labrado por los indios señalaría la insigne tumba. Con sus dulces angelitos y su cruz llena de flores. Sus helechos carnosos y sus pájaros. Antonio esperaba el fin de la misa. La copiosa cena. Las canciones dulces que le cantaría al capitán. Los suaves sueños narcóticos que le daría la dormidera. Las provisiones que tomó para el camino. El naranjel. Y su niña que habría de hartar su sed.

15

Se está meciendo hace rato. Lo nota cuando, la espalda levemente hacia atrás, una hormiga tigre lo muerde. Entiende que la selva da y la selva pide. Ya no lo inquieta tanto como al principio entregar pequeñas partes de su carne. Lo piensa un poco. Concluye que nunca lo inquietó demasiado. De haberlo inquietado, no tendría el cuerpo como lo tiene. Vuelve a la mordedura de la hormiga. Al vaivén que no paró ni siquiera con el dolor. A la música que lo mece. Lo que está escuchando es música. Un canto constante. Hecho de una voz solista y muchas otras. Unos instrumentos que suenan como manantiales cayendo entre rocas. Un ritmo de golpes en la tierra. Está vibrando, Antonio. No sabe cuándo empezó el canto. Un poco como la música de la selva. De repente se está adentro. Por momentos cree que llega del este. O del oeste. O del sur. O del norte. Sensatamente infiere que viene del mismo lugar que la comida y que, si quisiera, podría encontrar la fuente. No quiere. Como de querubines son las voces aunque es lengua de indios. Son los indios de esta selva. Han de ser niños. O mujeres de voz muy aguda. Canciones de paz, deduce. Sus criaturas también cantan. Conocen de memoria lo que está afinando el coro. De todos lados viene el canto. Hasta de abajo, de la tierra. Deben estar pisando fuerte. O golpeándola con palos. De tambor la usan. De instrumento. Como si fuera un darbuka de esos que había visto a los moros tocar en Sevilla. El suelo entero vibra y Antonio, alegre, silba. Le gusta. Decide que van a cantar todas las mañanas. Él les va a enseñar unas canciones en vascuence. Podría ser ésa su nueva vida. Cantar con las niñas en su país. Volver a España. Incluso al convento con la tía. Podrían vivir ahí juntas. Aunque bien que se aburriría encerrado entre monjas, aunque fueran lindas monjas. Mejor sigue cantando. Y luego vuelve a escribir. Ya habrá tiempo para pensar qué hacer de su vida. Pero no va a volver a España.

Palacios y catedrales y tribunales y más palacios y abadías regios, tía, y un río caudaloso, el Pisuerga, que le da el verde a Valladolid brotada toda ella en hojitas suaves en medio de la meseta áspera y árida de Castilla, mas no creo haber apreciado eso entonces. El mozuelo que fui deslumbróse más bien con la suavidad de los mármoles, con sus vetas de colores que, creo recordar esto, tal vez inventémelo, pareciéronle como venas, como nervios tal vez, y se imaginaba a la piedra que acariciaba recorrida antaño por estremecimientos de criatura viva y se estremecía él mismo viendo esa vida yerta. Curioso es, mi querida, que recuerde aquello en lo que difícilmente haya reparado entonces; de haberme detenido en esas vetas, en esos nervios petrificados, he de haber visto apenas el esplendor del poder, que esplende como casi ninguna otra cosa, que los ponía en sus muros y en sus columnas. Aquel que fui, que se llamó en ese nuevo destino Alonso Díaz o Pedro de Orive, ya no puedo saberlo con certeza, he usado tantos nombres, se estremecería apenas de su deseo propio, tomado todo él por las ansias de vestidos de noble varón. Muchas fueron mis faltas, ya te lo he dicho, y el apetito voraz por tejidos de Corte no fue la menor de ellas. Y el ansia es un gran general, uno dispuesto a pelear todas las batallas. En muy poco tiempo, antes aun de quedarme sin los pocos dineros que había logrado arrebatarle a mi tío el que me quiso para sí aun creyéndome muchacho, logré que Juan de Idiáquez, ¿lo recuerdas?, me hiciera su paje, me vistiera como tal y me llevara a vivir en el palacio. Vilo al rey, al Piadoso, Felipe III, el que hizo grande al Imperio nuestro mas no, no nuestro, ya no mío aunque le haya servido yo al rey y él me haya hecho alférez.

—¿Duele, vos?
—¿Qué cosa?
—El fuego del infierno.
—¿Alguna vez has tocado el fuego?
—Sí, che.
—¿Dolióte?
—Mucho, mucho.
—Imagínate el cuerpo entero.
—Ayyyyyyyyyy.
—Es por eso que no debes dejarte tentar por Satanás. O irás a su reino.
—¿Qué es un reino?
—Pues un país que tiene un rey, como España.
—¿Qué es un rey, che?
—Un jefe de todos elegido por Dios.

—¿Todos le obedecen, vos?
—¿Mba'érepa?
—Obedecen o van presos o a la horca o a la hoguera. Id con los monitos.

Mas en aquellos días aun imperio y rey míos, tía, todo rubio anaranjado él, y con los bigotes, el rey, muy coquetamente atusados y la barbilla pequeña y como adelantada al resto de la cara, que se les adelanta la mandíbula a nuestros Austrias, y no tan alto ni tan recio ni tan brillante pese a todo el oro que llevaba puesto y que lo rodeaba, de piso a techos, ¿has ido al palacio alguna vez? Era, al fin y al cabo, un hombre, nacido tan herido de muerte como todos nosotros y también las mariposas y los palos borrachos y mis burritos y mis caballos y mis buenas mulas y, ay, mi Roja, que no quiere que te siga escribiendo, no le basta que la acaricie con la mano que tengo libre, quiere que la mire también; ha de haberse aburrido ya de correr mariposas. Sigo escribiéndote en un rato, que tengo que contarte del rey.

Que no era tan alto, te decía, ni tan recio, más bien frágil parecía con esa piel tan transparente que se lo veía como a sus mármoles, lleno de surcos, no llegaba esa piel que tenía a cubrirle bien las venas, era blanco azulino el Piadoso mas sus surcos no parecían estremecimientos de criatura viva sino los vasos oscuros de una muerte que hacíase pacientemente de él. Y no obstante no brillar tanto, no obstante lo bajo y lo frágil, estar cerca de él era como acercarse al sol o a la bendición de Dios porque el cuerpo del rey no es un cuerpo, ¿lo notaste, tía?, es miles, millones de cuerpos aunque nazca el rey y muera solo como cada uno de nosotros y también el yacaré y mis mariposas que gustan de posarse en su cabeza áspera y mojada y uno diría que el caimán no puede sentirlas porque su cuero es grueso y no puede sentir lo sutil y sus ojos no ven lo que pasa en buena parte de su espalda, mas el yacaré parece feliz cuando toma el sol todo florecido de mariposas azules y naranjas y verdes y amarillas, coronado como un rey, como el Piadoso, el hombre que mandaba con su solo paso, todo él imperativo, imperio él, el poder mismo de los reyes con toda su aura de metal, un metal precioso que brilla y corta, que puede matar y puede salvar, un aura tenía Felipe como no he vuelto a ver más luego, y mira que he conocido hombres poderosos. Estar cerca del rey era hacerse parte de su aura, verse teñido de esa luz, bañado de poder; no puedo recordar si lo sabía yo entonces, empero cómo podría no haberlo sabido si verlo y comprenderlo era una cosa sola.

—Antonio, che.

—Dime, Mitãkuña.

—¿Qué es un país?

—Hombres y mujeres que viven en el mismo lugar y hablan el mismo idioma y tienen un rey.

—La selva no es un país, che.

—No. Sí.

—¿Mba'érepa?

—Porque es parte de España, que es un país, Michĩ.

—No.

—¡Nahániri!

—Sí.

—Yaguareté, serpiente y tapir no quieren, che. Nosotras tampoco.

—Habrá guerra entonces.

—¿Vos pelear contra nosotras, che?
—¿Contra vosotras?

… tal vez las ansias de hablar contigo. Mas volvamos al aura real, a la del rey quiero decir: no me cortó ni me dio otra vida que la que ya tenía haberlo visto entonces. Haber hablado luego con el que le siguió, Felipe IV, me fue más favorable aunque su favor haya sido solo el de dejar mío lo que mío es. Empero, ungido yo por el poder de él nací otra vez bendito en un papel, el rey me hizo legítimo, a mí, que nací noble.

Acá, el poder del yaguareté y el de la serpiente y el de todos los milagros que me rodean. Mis manos mismas, ¿has visto algo más milagroso que la perfecta constitución de las manos? La fuerza de esta hormiga de fuego, ha de llamarse así porque es roja y muerde, que lleva un palito varias veces más grande que ella para seguir construyendo la vida misma. Como yo, como vos, como cada uno y como todos juntos. Mi vida, esa vida de hormiga que llevé en el gran hormiguero de la Corte, fue breve: ni siquiera había terminado de conocer parte de ella, recuerdo a las gentes apenas por oficio y de algunos, como de secretario del rey o de rey, había un solo hombre, empero de la mayor parte había decenas cuando no centenas y eran tantos esos oficios. No sabía yo si sería de mi gusto quedarme mucho tiempo allí, no obstante sí hubiera sido de mi agrado ser armado caballero, que es el primer destino de los pajes, mas una tarde, estando yo de chanzas con otro paje a las puertas de la estancia de mi señor, escuché la voz de mi padre y al guardia que lo anunciaba con todo su nombre. En el tiempo que Idiáquez le hizo esperar, un tiempo que imagino breve aunque tan largo fuera para mí que le temía, procuré no mirarle a la cara, mas mirélo un poco como miran las gallinas, con un ojo, y vi en él mi nariz, los ojos estos que son míos, las espaldas que habría de tener, las manos recias y la galanura de anciano noble de ese que alguna vez habíame tenido en sus rodillas. Parecióme un hombre poderoso, pienso hoy que ya no lo sería tanto, tenía todo el pelo blanco y sus pasos vacilaban un poco pese a la furia que lo poseía. Vi en él más furia que dolor o miedo por mi suerte. Hablóme mi padre a propósito de una nada y contestéle temiendo que me conociera y encerrárame como monja por mi vida entera, mas no: no me conoció mi padre. Escuchélo luego hablándole a mi señor, le contaba de mí, de su hija, de cómo había huido del convento, mi señor prometíale ayuda en la búsqueda de la niña, preguntábale si tenía algún enamorado, dudaba mi padre que fuera eso posible y en el mismo momento yo tenía certeza. Sentí alivio de que mi padre no me conociera: la puerta que vi cerrarse sobre mí cuando lo vi no era una puerta, era una tapa, la de mi ataúd, creí que se me abriría la tumba del encierro y ya ni siquiera a tu lado porque no volvería a confiarme a vos, eso era seguro, sentí alivio

—Naháníri el mismo idioma.

—No.

—¿Mba'érepa?

—Porque ellos son yvypo amboae, Michĩ.

—Yvypo Amboae pueden conquistar selvas y montañas y mares.

—¡Naháníri!

—¿Mba'érepa?

—Porque tenemos pólvora y municiones. Empero no temáis. Yo os defenderé. Cantad.

... y hui, mas sin la alegría en el cuerpo, que es un animal suave que quiere abrazar lo que ama y hay que dejarlo, querida, he aprendido eso, tal vez sea lo único que aprendí en todos estos años que llevo de vida. Estaba un poco inquieto este animal que soy, ese que era más bien, ya sin aquella alegría, te decía, que sentía los días de mi primera huida, la que me alejó de vos. Creí que vos me hubieras conocido. Mi padre no me conoció porque poco me conocía, ¿qué otra explicación podrías encontrarle a que tu padre no te reconozca? Dejé el palacio, tomé mis vestidos y las pocas monedas que había reunido, dormí en un mesón y me volví a conformar con un arriero, el primero en despertarse. Iba a Bilbao, así que allá fui yo también. ¿Has visto, tía? Los arrieros siempre me han sido de mucha ayuda.

¿Se habrán ido Orquídea y Leche? ¿Habrán encontrado su pampa? ¿Galoparán? ¿Estarán asustando carpinchos en el río? No sabe. Hace mucho que no vuelven. Debe ser hora de dormir. La Roja se ha ovillado entre sus piernas. Una siesta, sí. Qué buena idea.

16

—¿Cuál es el colmo de un mono?

—¿Ser nacido sin banana?

—Pues no, zurumbático, ¡ser feo!

Reían y comían. Las bocas abiertas y llenas de maravillas los predisponían al buen humor. Las carcajadas se coronaban con golpes en la mesa que se coronaban con sobresaltos en la vajilla que se coronaban con carcajadas nuevas y así.

—¿Y el colmo de una monja?

—Pues no sé, ¿ser hebrea?

—¡Enfermar y no tener cura!

—¿Ése no ha sido más bien el colmo del obispo? Ay, ¡mi amigo querido! —Un paño inmaculado emergió de las sombras para que se secara las lágrimas el capitán—. Adiós, querido amigo, querubín penitente, novio del látigo, onanista manco. Adiós, compañero amado de cantos y ejecuciones, de comidas y hogueras, de misas y patíbulos, de bautizos y últimas palabras que, ay, no me diste.

—No lloréis, mi señor, brindemos por su santa alma que ha de estar ya en los brazos del buen Dios. Y, os lo ruego, tened a bien esta sugerencia, vuestra merced: ordenadles a los curas que os pidan permiso antes de viajar, de modo que queden nunca menos de dos en el poblado. Y si uno está de juerga o de siesta, que el otro esté de guardia y haciendo rondas como un centinela por las casas de los principales. De este modo, nadie morirá sin absolución.

—Eres listo, eres muy listo. Pues sí que eres listo, mi querido. ¡Salud, amor y pesetas y mujeres con buenas tetas!

—¡Salud, mi señor! ¿Cuál es el colmo de la suerte?

—Pues no sé, ¿encontrar El Dorado cuando ya a nadie le interese el oro?

—¡Caer en un pajar y ser pinchado por la aguja!

De seda la noche. El vino en la garganta y el tapir en los dientes. Las lenguas en éxtasis con la dulzura del ananá. El arpa como gotas cayendo frescas sobre las rocas y sobre finos encajes de helechos verdes que cubrieran regios el suelo entero. El diálogo en euskera y el agua suave del río. ¡Qué cena más hermosa! ¡Qué alegría embriaga al escribiente y al capitán! Los ilumina la tenue luz de un candelabro. Dorado estaba el banquete. Sus enormes narices, doradas. Doradas sus bocas grasientas. Los cubiertos, dorados. Dorados los cuatro ojos cuando se inclinaban mirando el plato. Y las copas y copas. ¡Qué noche de oro! Lo demás, en penumbras. El indio con el arpa. Los que entraban y salían con las bandejas. Los que escanciaban. La mesa era un pesebre y la buena nueva, una amistad. Superaba trago a trago, el capitán, que acaso por eso bebía veloz, el dolor por la muerte inesperada y sin confesión de su amigo el obispo. Musitaba despedidas muy cariñosas. Recordaba sus ambiciones de arzobispado, el gusto por el lujo, el orgullo por su anillo con esmeraldas, ah, se ponía reflexivo el militar:

—Vanidad de vanidades, todo es vanidad, querido Antonio, vanidad vana: ¿de qué le sirve el oro, de qué el orgullo, de qué el camino trunco al arzobispado ahora que no hay para él más gloria que el peso de esta tierra salvaje sobre sus huesos, sobre su carne rota que en un instante brindóse entera a los gusanos como bríndase una mujerzuela a los marineros?

—De nada, señor, de nada. Toda gloria no es más que una hojita al viento a la hora de la muerte: si algo nos iguala a nobles y villanos y a justos y pecadores y a indios y blancos es la danza de la Parca.

El capitán bajó la cabeza y suspiró: tal vez estaba llorando, tal vez buscaba algo en su plato. Se animó o se resignó, a veces es lo mismo, y levantó la copa, llevó atrás la cabeza y se llenó la boca de vino.

—Salud, Antonio. Brindemos por la vida que todavía nos dura.

—Salud, capitán. Que viváis cien años más.

—Puedes llamarme Ignacio mientras comemos: yo seré siempre tu capitán y tú mi escribiente, pero a la hora del vino y las largas charlas, somos amigos.

Los ojos en los ojos. Se alza un puente sobre el banquete entre los dos hombres que se parecen. Antonio es alto y el capitán bajo, pero son recios de espaldas ambos. Antonio tiene muy corto el cuello y el capitán aires de pequeña jirafa, pero cabelleras castañas ambos. Antonio tiene perfil de águila y el capitán de oso hormiguero, pero las caras largas ambos. Tomó el capitán la mano izquierda con su derecha, le tendió Antonio la izquierda, la tomó presto y marcial el otro y ya, las manos en las manos los dos amigos, los callos en los callos de espadachines.

—Gracias, vuestra merced, por este honor generoso que me brindáis.

—Agradece el honor a haber nacido de vizcaínos. Mi lengua. Extráñola tanto. Ya no sé qué hago acá ni para qué estoy. Languidezco día a día esperando el traslado que me he pedido hace más de un año. Apenas me entretiene esta herencia nueva, mis monos militares y mis indiecitos tontos. Ya nada me sorprende ni me interesa.

Con lágrimas cayendo por sus mejillas, le soltó las manos el capitán. Apuró su copa. Trinchó su carne, cortó un gran trozo y abrió tan grande la boca que Antonio notó que nada faltaba en su dentadura. Habría de preguntarle cómo había logrado tener dientes tan blancos y tan presentes apenas pudiera, que ahora al capitán le urgía seguir hablando. Habría de ver Antonio la boca llena. La carne más trizada a cada palabra. Le caería una llovizna fina de chancho y vino.

—¿Para qué fue que vine? A veces se me olvida, mi muy querido. Quería ver el mundo, quería juntar oro, quería ser un señor, más de lo que ya era, que he nacido noble mas segundón. Mi padre me dejó algo, no suficiente; mi dama es también noble y noble su dote, pero yo quería lo mío ganado por mi espada. Dejé todo en España con la esperanza de prosperar veloz. Han pasado diez años y lo he logrado: tengo tierra y hacienda, tengo mil indios, y, si quisiera, tendría diez mil, tengo grado y despacho. Quiero volver. Podría dejar lo mío a cargo de alguien que lo trabaje y me mande los doblones. Quiero comer kokotxas y porrusaldas, brindar con irulegi y con calimochos; quiero tocar el txistu y el tamboril, quiero bailar aurresku y quemar al Markitos en Carnaval. Y si algo le pido a Dios es no morir como, ay, mi pobre amigo rodeado de salvajes en tierra feraz, tan lejos de los míos que ni en mi lengua me moriría.

—Morir en vascuence, noble ambición: morir en casa, ay, quién pudiera. Empero mejor beber, comer y bailar en casa, tienes razón. Huir antes de que sea tarde, volver a la patria, no como el santo obispo, pobre el obispo, qué cruel la Parca. La he visto tantas veces como soldado. La he esquivado y la he dado. No, mejor no decir dado: ¿quién puede dar lo dado? La única certeza de los que nacen es que han de morir: la muerte está siempre dada. Si algo hemos hecho como soldados, fue adelantarla, ¿no crees tú?

—Eres muy listo, sí que eres listo. Dices que imposible es matar, que no he matado a nadie. Qué listo, pero qué listo que eres. Apenas si les he adelantado la muerte a algunos. Soy fuego que no quema, un santo asesino. Eres muy listo, sí que lo eres. Y yo, inocente.

—¡Cualquier instante de la vida humana es nueva ejecución, con que me advierte cuán frágil es, cuán mísera, cuán vana!

Le cayó una lágrima gorda y pesada al jefe. Ya estaba borracho. Tomó otra vez las manos del nuevo amigo. Y le acercó la frente a la frente. Ácido el aliento del militar.

—Qué sabias tus palabras, qué noble tu garganta que profiere verdades y canta cantos de niña vasca. Cántame algo ahora mismo.

—No canto como niña, soñaba con mi hermana a la que dejé muy niña allá en España.

—Cántame como viejo o como niña o como jilguero siempre que cantes en vizcaíno que duelen mis oídos y toda mi alma de tanto castellano graznando barbaridades, duele más que las lenguas de los salvajes.

—Te canto lo que quieras, mas oremos antes porque tu amigo reciba un juicio piadoso.

—Pater noster, qui es in caelis: sanctificetur Nomen Tuum... —Antonio oró y los ojos el capitán se cerraron. Vertió Antonio sus polvos de dormidera en el cáliz del otro. Si alguien lo vio, a nadie importó. Terminó la oración, sed libera nos a Malo, amén. Propuso un brindis por el alma del buen obispo. Vaciaron las copas y empezó a cantar.

—*Andere Santa Klara hantik phartitzen* —siguió con su voz sedosa de tenor y se endulzó la cara del capitán que cantó también.

—*Haren peko zamaria ürhez da zelatzen...* —siguieron los dos, juntos como si remaran al mismo ritmo la misma canoa sobre el lomo del río más dulce. Y bebieron. Se quedaron sin vino.

—¡Ardo gehiago! ¡Ireki beste upel bat! —gritó el capitán completamente olvidado del castellano—. ¡Ardo gehiago, ergel basatiak! —tronó a los salvajes que del pavor no adivinaban lo obvio.

El capitán se paró. Cayó su silla. Golpeó la mesa con los dos puños. Saltaron los restos del plato principal. El hueso de una pata. La gran cabeza. Parte de las costillas. Firme como en batalla volvió a gritar nuestro militar. Agarró de la camisa al indio más próximo. Lo sacudió. Le aulló en la oreja. El pobre indio no sabía vascuence. El capitán lo aplastó contra la pared. Le pegó dos trompadas. Lo dejó desparramado en el piso.

—*Ahizpa, enükezü ez sinhetsia...* —seguía cantando Antonio al compás del arpa, muy extasiado con sus propios brillos en la bandeja de plata que había puesto cerca de su cara el golpe del capitán. Los bronces del candelabro tornasolándose en su chaqueta nueva, en los hilos de seda de su cuello golilla, en la empuñadura de oro de la espada ropera del capitán. Acababa de agarrarla aprovechando la distracción. Oro sobre oro, le gustó a Antonio, tal vez se llevaría la espada cuando el bruto cayera al fin preso de la dormidera. Pero todavía no. No caía. Agarró a otro indio. Le torció un brazo. Le dislocó el hombro. Lo puso de rodillas. El indio decía no entiendo, no entiendo, señor, perdón, señor, no entiendo. Alzó los ojos en un gesto arriesgado para hacerse entender. La apuesta la salió mal.

—Levantas la mirada, ¡indio atrevido!

El capitán se prendió como un tizón. Violetas las venas de su frente. La boca abierta. Los dientes juntos. La mano ardiente. Agarró su fusta y le pegó al indio. Fusta y fustazo. Antonio cantaba ahora con voz de niña y en castellano la canción de su Virgen. No le parecía justo pegarle a nadie por no hablar vascuence. De ser así, casi toda la España y el Mundo Nuevo y el Viejo y el globo entero andarían golpeados. El capitán dejó un caído. Y después otro. Y alcanzó de un fustazo a uno más. Entonces se detuvo. Cayó la fusta. Volvió la cara a Antonio. Le sonrió confusa y dulcemente. Le preguntó:

—¿Cuál es el colmo de un pastor?

Y por fin se cayó para alivio de todos y cada uno de los indios. Y de Antonio, que estaba aburrido de cantar solo y de su reflejo. Quería partir veloz a cumplirle a su Virgen del naranjel la promesa que le había hecho.

—Contar ovejas y quedarse dormido.

Respondió a su capitán, que ya roncaba. Agarró la espada ropera que no había cesado de destellar. Y la bolsa de monedas que tintineó. El militar habría de dormir mucho. Tal vez un día. Tal vez una semana. O más. Lo arrastró hasta su cama. Lo dejó ahí tirado. Lo besó en la frente. Salió con bolsa, pata de tapir y espada en mano.

17

La luz se mueve apenas. Pero se mueve. ¿Habrá algo que esté quieto además de él mismo? Ni siquiera él mismo. Va y viene, también. La mano. Y respira mientras escribe. Corre y grita cuando Kuaru y Tekaka o las niñas le quitan la espada o la daga y se escapan a las carcajadas. Antonio no supo que los monos se ríen hasta el día que le tiraron las orejas de negro. Ahora lo sabe casi sin notarlo, como entiende que es leve la brisa que agita las hojas porque la luz se mueve apenas. Las sombras tienden a ser un poco redondeadas acá en la selva umbría pero tan adentro del sol como todo en este mundo. Como la yaguaretesa de aura luminosa que ve cada noche merodeando la choza. Lamiendo las caras de Mitãkuña y Michĩ. Que ovillan sus cuerpitos entre las patas de la tigra. Se despierta cada vez con el corazón golpeándole el pecho, veloz y furioso. Abre los ojos. No hay nada más que las niñas durmiendo. Y unas como luciérnagas rondándolas. Conoce de miedos, Antonio. Y la yaguaretesa lo aterra. Es la selva misma mostrando sus fauces, su fuerza, su hambre. Su forma de dar muerte. Así, en un instante, como un rayo de Dios. Tal vez sea Dios una yaguaretesa. O el escarabajo que ve dentro de una flor ahora mismo. Como una piedra preciosa fulgurando en el perfume de la copa blanca de la flor. No sabe. Lo que sabe es que está rodeado de indios que lo están cuidando. ¿Por qué? ¿Qué ha hecho él para que nadie lo cuide? Ha de ser milagro de la Virgen del naranjel. O que él está protegiendo a las niñas. Otro milagro. Como el escarabajo. La yaguaretesa. El río. La piedra negra y suave que hay debajo del agua transparente. Como estas niñas y estos animalitos que se protegen entre sus piernas como si hubiera en ellas alguna defensa. Tal vez la haya. Antonio canta. Y vuelve a la carta. Por escribir nomás, por mecerse con su propia música, por detenerse. Por detenerse.

Dejéme llevar del viento como una pluma: si el arriero hubiera ido a Roma, tal vez sería hoy papa, perdón, tía, no he de blasfemar, sigue leyendo, te lo ruego: sería pintor de iglesias o filólogo. No recuerdo mucho de aquel viaje, salvo que fue largo y penoso. Sentíame arrancado de la tierra con violencia y no podía comprender esa orfandad yo que no quería raíces, las había dejado donde vos, en el nogal nuestro, las había dejado a tu cuidado y al de los pájaros, las ovejas, los perros y la vaquita de la leche y sus terneros y a vos te había dejado con ellos al cuidado del nogal. O no, no había dejado nadie al cuidado de nada, había corrido por mí mismo, se me había despertado el animal hermoso del cuerpo que quería andar suelto como quieren todos los animales y no me había pesado hasta entonces ni me pesaba, no quería volver, mas sentíme llevado del viento como una pluma. Me recuerdas, querida, sabes que no tengo naturaleza de pluma, soy fuerte y pesado como era mi padre, más fuerte quizás ya que hago casi todos mis trabajos por mí mismo, mis pobres siervos ni siquiera son míos ni son siervos, más bien los sirvo yo y son gentes de poco aliento, no obstante durante la travesía aquella fui frágil y liviano, hube de planear en el desasosiego con la respiración corta y la garganta angosta como si alguna bestia sin borde y con muchísimos dientes estuviera por desayunarme.

—Tus ángeles son espíritus mitad pájaro mitad hombre.

—¿Mba'érepa?

—Porque tienen alas, Michĩ.

—¿Ángeles mujeres hay?

—Los ángeles no son hombres ni mujeres.

—Como vos, che.

—Yo soy hombre, Mitãkuña.

—Nde japu.

—¿Soy mujer?

—Nahániri.

—¿Y qué soy entonces?

—Ángel, che. Pajarraco.

Las niñas se ríen. Antonio también: no necesita que nadie le diga qué es. Y un ángel no está tan mal. Vuelve a la tía.

Acaso fue el paisaje, no sólo mi padre que habíame ignorado: que poco me conocía porque poco podía conocerme; no sólo me dio a vos para que vos me criaras, quiso que me criaras para priora, ¿cómo hubiera podido verme paje? Alférez debería haberme visto años después y yo dármele a conocer, mas no quise. Allá él, en su España la vieja, donde las gentes nacen siendo lo que han de ser para siempre o, si no, no han de ser nada. Empero quizás no fue sólo eso, quizás fue Castilla, tan seca Castilla, tan falta de árboles, tan sin raíces ella misma aunque persiste allí plantada hace milenios, ¿verdad que sí, que estuvo ahí siempre Castilla

—Mitãkuña, no tengo alas yo.
—Te hacemos, che. O soñás.
—Si sueño que soy pájaro, ¿volaré?
—Mientras sueñes, vos, che.
—Hacedme las alas, niñas.

Volvióme el sosiego, tía, con su aire de garganta ancha, ese aire que respírase sin saber que se respira, el buen aire, no bien llegamos del otro lado de los Picos de Europa, cuando vi el bosque cubriendo la tierra y me entró su aroma húmedo de vida buena, su menta de pino y su mar lamiéndole los bordes. Mas no hallaríame en Bilbao como no hallaría empleo ni más morada que la cárcel ni más amigos que los de lo ajeno.

Fue así: caminaba yo por la parte de atrás de la catedral, había ido a rezarle a san Antón, que tiene allí hermosa capilla. Pediríale yo que ayudárame en mi difícil trance: pobre estaba y él había donado todo su dinero a los pobres, sin hospedaje estaba y él había vivido en una cueva. Y recordaba los cuentos de él que me contabas cuando yo era la niña de tus ojos y tu falda, tu neska: que una vez había ido a verlo una jabalina con todos su jabalinitos, que eran, sí, igualitos a los que habíamos visto en el bosque ese día que habíamos ido a buscar hongos con las hermanas, sí, así, chiquitito, con la trompa grande y rosa y los ojazos oscuros y las pestañitas rojas y las manchas negras, unas tiras a lo largo de todo el cuerpo en el pelaje marrón, así de hermosos, contábasme, pero le habían salido cieguecitos a la jabalina. Inclinóse, ella, ante el santo y el santo le vio la súplica en el gesto respetuoso y vio también a los jabalinitos llevándose todo por delante y dándose golpes y cayéndose y volviendo a pararse. Se apiadó y los curó con su mano santa. Y la jabalina y los jabalinitos lo amaron por siempre y siempre lo defendieron de las alimañas y de los hombres también. Sólo del demonio no podían defenderlo, mas para eso se bastaba el santo, decíasme, y no me contabas el cuento entero, las tentaciones, tan tentadoras todas ellas. Y ellos, que el diablo no le ahorró nada al pobre Antón.

—¿De qué color, las alas, che?
—Del que queráis.
—¿Rojo y negro?
—¿Mba'érepa?
—¿Cómo Satanás?
—Sí, che.
—¿Por qué?
—Así hacés fuegos.
—Mejor azules o blancas o verdes o naranjas.
—¿Mba'érepa?
—Puedo hacer fuego sin ser demonio, Michĩ.

Pero, ay, tía, la memoria otra vez que me lleva la cabeza a cualquier parte, a tu falda me la volvió a llevar, a los cuentos dulces que me contabas cuando muy niña y yo estábate contando cómo fue que terminé en la cárcel por vez primera. Sí, hubo más. Muchas, tomate otro chiquito, no olvides comerte un pintxo y sigue leyéndome, ¿quieres? Iba yo caminando mientras cavilaba acerca de dónde habría de dormir esa noche cuando la respuesta me llegó en los cuerpos de tres muchachos que me rodearon y comenzaron a insultarme. Que qué cara de morisco, que qué vestidos de judío, que qué manitas de puto, que qué ganas de golpearte, so maricón, y ahí nomás uno dellos me empujó con fuerza y caíme, y fue buena fortuna la caída porque al lado de mi mano esperábame una piedra. Supe pararme, no recuerdo cómo, del mismo modo que no recuerdo cómo abríle la cabeza a uno que cayó redondo como mandarina al suelo y explotóle la sesera. Y los dos ruidos, el de la piedra contra el cráneo que vibró en el cuerpo mío y el del hombre cayendo en la tierra, me gustaron y también la fuerza recién nacida de mi mano que podía hacerlos sonar como si tratárase de un laúd, mas abandonábame la suerte: como una magia aparecieron los guardias y me prendaron. Dormíme esa noche, aliviado de no tener que pensar más en dónde dormiría, empero sopesando la posibilidad de gastar más dinero en mesones y de dejar esa ciudad lo más pronto que me fuera posible. No amóme Bilbao: tardó un mes en sanar el que me había faltado el respeto hasta ponerme las manos. Eso un caballero no puede permitirlo: ser un hombre es guardar honor hasta matar o morir si es menester, sostener el honor que, déjame que te explique bien, es lo que lo sostiene a él. Es poder matar y que eso se sepa para poder vivir, aunque ese fin, el de poder vivir, cueste la vida misma, ¿explícome, querida mía? Como la bolsa que pesa a veces demasiado empero es necesario llevarla para tener abrigo y comida y dinero en el camino porque difíciles, fatales muchas veces, son los caminos sin bolsa ni dineros.

El honor cuesta vida o vidas, como un caballo es, uno que gustara de la carne de hombre y hubieras de entregarle una falange o un dedo entero cuando te fuera necesario ir lejos. No sé si me entiendes, empero es así, que no me lo guardaran al honor, no sé si podría permitírmelo ni aun hoy que soy, ya te lo he dicho, un hombre de paz, un arriero. No puedo permitirlo: de dejarme robar el honor, siervo haríanme o peor, cadáver. No hay forma otra de ser un hombre, de ser un hombre libre. He de matar si es menester. He matado mucho, más de lo que era necesario, ¿habrás de perdonarme? Aún tengo conmigo mi cuchillo y mi espada, mi arcabuz y mi pólvora.

Los caballos no han vuelto.

18

—¡Soldados valientes, cristianos soldados de la España valerosa! Nuestro generoso capitán nos ordena brindar por el descanso del santo obispo. Disponed ahora mismo de diez barriles y rezad hasta el alba por su buena alma.

Ya tenía apartada su yegua y avanzaba en la penumbra por las dudas. Pero qué dudas. Si el vino tiene fuerza de catarata. El vino abre caminos donde no hay. El vino encuentra siempre la fuga. Como una rama flotando en la correntada, así lo llevaba el vino. Qué cosa más curiosa este vino que a él lo llevaba al poniente y arrastraba a los soldados hacia el oriente. Los más despiertos sospechaban, el capitán no había sido nunca antes tan generoso, pero un trago de riojano y se enardecieron. Al grito de carpe diem, Dios tenga en su gloria a nuestro santo obispo, hurras y vivas dejaban las guardias, las camas, los rezos y las orgías. El buen vino en la boca lo desean todos más que volver a casa. Más que a mujer. Y, cuando ha anochecido, incluso más que a oro. Y ya era noche entrada. Los pobres españoles pobres están muy hartos de tragar saliva de indios de aliento hediondo. Y los criollos anhelan para su garganta la seda de Castilla que, están convencidos, los hispaniza aún más que sus uniformes o los nombres de los barcos en que llegaron sus padres o sus abuelos. Se beben la chicha cuando no hay otra pero prefieren vino y vino español. Como Dios manda: o la sangre de Cristo o un buen riojano, cantaban contentos. Rápidos, abrieron barriles y arrimaban vasos o arrimaban cocos, incluso se tiraban abajo del chorro rojo dichosos y empelotados. Vino de España, ay, gracia, mi Jesú lindo, recibe en tu gloria, Padre querido, al buen obispo. Veloz también fue Antonio al despacho del capitán. Abrió la jaula de los monos, no se lo prometió a su Virgen pero la abrió y los monos no se alejaron. Les daba todo igual, no podían más. Antonio agarró el tapiz del escudo y los envolvió. Para abrir la jaula de la niña, cerrada con esmero, usó su sable. La niña estaba en el ángulo más lejano. Aterrada. Tenía miedo de salir. Temía al hombre que metió medio cuerpo alto dentro de la jaula y la arrastró. Olía horrible y la sintió fría. Se abrió la camisa y la apoyó contra su piel. La envolvió en la capa del capitán. Tomó el escudo con los monos. Salió sigiloso por lo oscuro hacia la yegua que ya lo esperaba ensillada y munida de provisiones. Lo sorprendió un potrillo que se pegó a la yegua. Que fueran dos caballos, estaba bien. Caminó lento. Los llevó de las riendas. No quería ser oído. Serían felices de que uno menos se tomara el vino que ya era de todos. Cómo estar seguro. Siempre se corren riesgos. Algún amargo abstemio. O un ambicioso que ansía honores aún más que vino. Marchó despacio. Se alejó de a poco del griterío de los soldados.

Se internó silencioso en la selva. No sabía a dónde estaba yendo, hasta dónde llegaría en este viaje. Escuchó su propio cuerpo y el de la niña india. El aliento chiquito sobre su carne y el pecho que se le partía. Le subió a la garganta algo que se la apretaba, madre mía. Se abrazó a la alazana cuidando de no ahogar a la niña. Hubo de apearse de la yegua. La selva es intrincada, sólo veía verde, el mismo tejido para todas partes. No podía tomar el camino trillado. O sí. Mejor tomarlo y galopar, alejarse tanto como sea posible. Un cielo agujereado de estrellas fue su testigo. Y el jote, que se despertó. Giró el cuero áspero de su cabeza. Los miró con un ojo. Luego con el otro. Apenas si se inquietó que ya pasaron. Siguió durmiendo. Quedaba un rato largo de oscuridad. Un aullido. De perro joven. No hay muchos perros por acá. A Antonio le gustan los perros. Se detuvo, lo buscó y lo encontró. Una perrita rojiza, Roja, la llama Antonio. Le mueve la cola. En una mata de enredaderas y helechos, a su lado, otra niñita flaquísima. Dormida. O desmayada. No se despertaba, no le respondía. Tal vez tendría sed también. Subió con las dos a la yegua, las ató con la capa del capitán a su cuerpo. Dos monos, dos niñas, una perra, dos caballos. Mejor se apura. El rato de galope. El golpe sordo de las herraduras contra la tierra. Los cortes de las ramas sobre el cuerpo. No quería llegar tarde. ¿Cuándo habría de ser tarde? ¡Ahora mismo podría ser tarde! Lo mejor es enemigo de lo bueno. Si bien había prometido naranjas, no podrían comerlas salvo que vivieran. Más vale que les diera agua. Decidió detenerse. Se sentó en la raíz de un árbol alto. Abrió la capa y les dio agua con su cantimplora. La mayor se despertó apenas, bebió y luego vomitó. Mejor más despacio. Ronda de traguitos. A los monos también, se reanimaron un poco y se abrazaron más. Le dio también a Rojita. La menor le agarró un dedo con su manita. Antonio entonces supo, le cantó en la cabeza el coro angelical que le había cantado antes, hacía tan poco, lo de la Virgen y el naranjel. Lo que estaba haciendo era de gusto de su Virgen y también del niño, de esta y de Aquel. Les dio miga de pan remojada en agua. Volvió a guardarlas pegadas a su piel bajo la camisa, atadas con la capa.

—Gracias, che, señor.

Le dijo la más grande. Antonio no contestó, abrazó su carga y acarició su ropa en el mismo gesto orgulloso. Algo abultaba en su pecho. Ya no habría de parar hasta los naranjeles, si es que había naranjeles. Y, si no, pararía bajo unos bananos. O bajo unas palmas. O donde hubiera frutos y estuviera bien lejos del capitán que despertaría en horas. O días, como mucho. No iba a volver. A correr. Se despertaría pronto el cruel militar. Y, esto era seguro, de mal humor.

19

Ese primer día en la selva, el de la huida, aún no sabía ver. Ahora sí. Es casi imposible en este mundo de plantas. Pero lo ve. Un sarmiento tierno y vegetal gira sobre sí mismo hasta dar con otro y tejerse miríadas. A la manera de las gotas en los ríos que los mojan. Juntos girando hasta ser uno y, entonces sí, extender otro sarmiento tan verde y delicado y fuerte como el primero que se enrolla también. Lo verde de la selva son animales que se crean una pata para cada paso. Así es, lo está viendo, el mundo se le agranda para adentro. Ya lo ha recorrido de allá para acá. En tierra y montañas. En mar y sabanas. En batallas y salones. Y resulta que puede además surcarse para adentro de cada cosa.

La dulce tibieza del día acaricia a su tribu. Sus animales y sus niñas en la gracia del sol. Se siente bien Antonio. Le gusta verlos brillar así, suavemente, en paz, pegados a él en esta tierra de troncos y raíces y lianas y hojas, hojas y hojas. Están dentro de la maraña. Sonríe. Podría pasar de este modo el resto de su vida, piensa. Una humedad caliente baña repentinamente su vientre. La pestilencia le borra la sonrisa.

Será qué. Sí: las niñas. Dios. La mancha amarronada se expande en sus vestidos. Al río. Le agradece al Señor que haya dispuesto tanta agua en la selva. Y haber agarrado dos camisas y dos calzas de repuesto. El hermoso escudo que les servía de sábana. Lo han hecho deliberadamente. No quieren volver, concluye. Es razonable. ¿Y qué otras armas habrían de esgrimir tan pequeñitas? ¿Puede hacerse semejante cosa a propósito? El temor se apodera de él cuando ve los ex dorados del escudo imperial. Estos indios no respetan nada. Ni aunque uno les salve la vida y les dé de comer. Y de beber. Cómo se han atrevido a tanto. El escudo. ¿Qué seguirá? ¿La cruz? ¿Y qué cruz tiene él? La que llevaba en el cuello, de oro, regalo de la tía, la perdió en las cartas. Estas niñas. Michī y Mitãkuña. Ha cumplido con su Virgen del naranjel. Podría dejarlas. El coro sigue ahí. Las salvarían. Si hasta les están dando de comer. Si no lo hicieran, sería dejárselas a la muerte. Tal vez sea su destino. Tal vez sólo está retrasándoselas. Tal vez deba dejarlas como se deja a un tronco caído irse con la corriente de un río. Sin ellas, avanzaría rápido. Hacia dónde. En qué lugar podrá volver a inventarse. Un nombre más. Un oficio nuevo. Podría volver a España. Allá nadie quiere matarlo, empero habría de morir igual. De aburrimiento. De ser él mismo para siempre. El olor asqueroso y, peor, el tacto. Ya comienza la delicada tarea de abrirse la camisa. Sacarse el resto de la ropa. Coger un lienzo. Un jabón. Levantar a las criaturas. Caminar hasta el río. Meterlas en el agua. Limpiarlas. Limpiarse él mismo. Ponerlas a la luz. Disponer sus prendas, y el escudo del imperio sobre el que nunca se pondrá el sol mas, ay, Mitãkuña y Michĩ sí, en el agua para que se lleve los restos. Y las deje tan sin consecuencias como imagina que habría de dejarlas el cielo de las esfinges. Coger la otra ropa. Vestirse. Entonces sí, vomitar. Se asombra de sus tripas. Supieron aguardar que acabara con las urgencias para arrasarlo en estampida, queriendo arrancarse de él y arrojarse a la tierra como los monos. Dónde están los monos. Se apoya en el tronco de un árbol. Levanta la mirada. Los ve mojados. Se habrán bañado solos. Están tirados panza arriba en las ramas de un árbol que parece cosa de Satán de tan hermoso. Fue todos los días al río. No sabe cómo es que no vio a esta bestia de muchos palos que se dispersan sin ton ni son pero son coronados por una sola copa frondosa. La piel de los troncos y las ramas casi completamente cubierta se adivina suave y de color canela. Con manchas más claras aquí y allí. Casi toda ella cubierta de frutos. Verdes los pequeños. Rojos los medianos. Negros los más grandes. Frutos redondos y tersos como uvas gigantes. Frutos destellantes. Llenos. Bruñidos como la calva del capitán bajo el truco fútil de peinar hacia adelante los pocos pelos de la nuca. Frutos fulgurantes como los ojos de obsidiana de los indios derretidos. Frutos espléndidos cubren el tronco entero desde el mismo suelo. Los monos alargan sus brazos y se los meten en las bocas.

—Mis macacos, ¿habéis encontrado el naranjel de estas selvas? ¿Creéis que será del agrado de la Virgen? ¿Y de las niñas?

Camina hacia el árbol. Se deja abrazar por los monitos que se suben a sus piernas. Agarra uno de los frutos y lo muerde. El paraíso. De existir uno, ni cuando novicia tuvo la certeza, es éste. El estallido de la fruta dulce en la boca. Este milagro que le deleita la lengua. El sol en la piel. El cuerpo en el agua. El paraíso es estas cosas. Y nada más, nada, esta uva grande de piel negra, carne blanca y jugosa y dos huesos violáceos barre con todos los males, hasta con los malos recuerdos. Y los malos olores. Antonio agarra más uvas y va hacia las niñas. Se sienta sobre el lienzo. Abre los frutos. Les quita los huesos, la piel y se los ofrece. Mitãkuña los mastica lentamente. Michī no los quiere. Antonio, pajarraco una vez más, lo mastica un poco él mismo y se lo pone en la boquita. Michī traga. Lo hace varias veces. Hasta que le corre la cara. Suficiente. Permanecen quietas. En la alegría del sabor de los frutos en la boca, tal vez. O en el capullo de una hoja recién nacida del palo borracho. Se desenrolla y extiende como un puño abriéndose. Miran todos en la misma dirección. Antonio ha estado escribiendo con tal frenesí que apenas si se ha fijado en nada. Es un montón la selva tejiéndose. Pero sólo en eso se detuvo. Ni siquiera notó que su camisa le raspa. Se detiene, abre los botones. Y se mira. Tiene dos municiones tiernas y redondeadas. Dos flores cachorras en su piel vieja y llena de heridas. Pezones. Rosados y tersos. Los ha tenido siempre. Pero es hoy que los siente doler contra el tejido de la camisa.

—Nos vamos, vos.
—¿A dónde?
—A buscar tus plumas, che.
—Id cantando. Que pueda escucharos.

Cuando abrieron la puerta de mi cárcel en Bilbao fue que empecé a irme lejos, tía. Habíame mantenido de algún modo cerca tuyo: a distancia tal que pudiera volver a vos en borrico o caminando si fuérame necesario. Empecé a irme sin un destino claro, empero como sabiendo que por mucho tiempo a la nuestra Donostia fui a misa, a nuestro convento, muy galán y compuesto. Hube de arreglármelas para conseguir vestidos dignos y albergue tolerable. Fue entonces que por vez primera caminé como un soldado: con resolución marcial, con los ojos a la vista de todos fuime hasta el convento. Asistí a la misa entera. Les deseé la paz a mis vecinos. Vióme mi madre y besóme y no me reconoció. Mi padre no reparó en mí. No sé, ni sé si alguna vez sabré, si me reconociste vos. Yo creo que sí: pusiste los ojos en mis ojos. Temblé, mi querida, quizá de miedo o quizá de deseo de que me conocieras. Bajaste la mirada y seguiste cantando, ¿me habrás dejado libre? ¿O me habrías olvidado? Olvidado no. Quizá no me conociste: tú también me imaginabas mozuela. Díjete que no me había despedido de ti. No es del todo cierto, qué otra cosa, si no, fui a hacer al convento, qué otra cosa que a decirte adiós. A vos y a la misma España. Fuime como quien decide emprender la mayor de las batallas y no sabe qué es una guerra: con el ánimo alegre, con el corazón leve de un pajarillo que emprende su primer gran vuelo. Me arreglé con un marino y zarpé hacia Sevilla, qué magnífica Sevilla. Allí, pese a que me invitaba a quedarme, partí a Sanlúcar. Un tío mío me tomó como grumete. ¡Ah, tía, el ancho horizonte del mar! El cielo inmenso reflejándole, las sirenas, los trabajos brutos de los hombres. Me fui, me vine.

20

Navegaba la piel del río en su piel, de noche, cuando hasta los jotes duermen. Haciendo la plancha en aguas cálidas. El capitán perdía rango y señales. Se entregaba a una corriente dulce. Yacarés yrupés al nivel de sus ojos amablemente llorando. Flores. Veía los pétalos gordos surgiendo colorados del centro verde del plato flotante que es el yrupé. Los veía combándose en un arco que se abría para volver a cerrarse en puntas blancas. No tenía frente a sí las flores hechas, las tenía sucediendo. En cada pétalo la leche vegetal, hecha pequeñas bolitas coloradas, alargaba brazos para confluir con las otras. Se extendían y se estiraban. Se iban volviendo claras cuanto más se anudaban y se alejaban de la base. Todas vibraban como animalitos felices de rozarse. Pura inquietud en degradé esta flor, se dijo el que no estaba siendo capitán. Era yrupé él mismo. Plato verde florecido su centro del cuerpo, esa flor rosada con corazón de estambres y cabezas bañados de un polvo pringoso y dorado. Le creció y latía. El capitán tarareaba un encuentro. Tarareaba una piel en su piel. Unas manos en sus manos. Unos ojos en sus ojos. Tarareaba sobre todo una voz en sus oídos, en su estómago, una voz acariciándole los intestinos para terminar saliéndole de cara al sol, floreciéndole la flor de su secreto. Tarareaba arrullado por la voz angélica de una niña que lo hacía estirarse para alcanzar el sol. Lo hacía latir yacaré yrupé. Yacaré, flor con dientes, pensó, estos indios de mierda están locos. Se rio y movió la cabeza. Pobre capitán, el yacaré perdió todo yrupé, le mordió la nuca desde adentro y ya no hubo río ni flor. No hubo más que el lagarto mordiéndolo y el barro de las orillas de estos ríos asquerosos. Le llenó la garganta el cauce ácido, podrido, desde el estómago. O desde el mierdoso infierno, no supo y le dio igual quién puta le estaba arrasando las entrañas. Abrió los ojos y el volcán de sus tripas se los cubrió enseguida. No pudo cerrar la boca. Ni hablar. No pudo pedir ayuda. Ni mover la cabeza. Apenas las manos. Cada pequeño movimiento desataba un caudal agrio que le entibiaba el pecho para enfriárselo enseguida y una manada de yacarés, cada vez más, se reproducían mordiéndole la nuca. Tenía que quedarse quieto. Respirar despacito. Alguien vendría en su ayuda. Veía el techo: las hojas de palmas mezcladas con barro, los nidos de insectos. No entendía dónde estaban sus indios. Ni sus soldados. Ni su secretario. Vio que era de día. Agua, dijo. Agua.

—Andate a la mierda, che, señor.

El que hablaba era indio. Dijo algo más, en su lengua. El capitán reconoció la lengua. Infirió un nuevo insulto. Se sorprendió. Más lo sorprendieron las dos manos que se le prendieron al cuello. Si no hubiera tenido que dedicar toda su energía a intentar desprenderlas, se hubiera sumido en una quieta perplejidad.

—Morite, che, jefe, morite, vos.

La frase del indio fue altamente descriptiva. Si no lograba sacarse las manos del cuello en cuestión de un minuto el capitán iba a estirar las patas. No escuchó el ruido del golpe que lo liberó pero aspiró con tanta fuerza y alivio que decidió que quería dedicar el resto de su vida a eso. A respirar. Abrió los ojos. Vio a un soldado con pómulos altos y ojos de gato. Estimó que estaba alucinando. Volvió a desmayarse. No sabemos si escuchó al soldado:

—Estos negros de mierda analfabetos, los civilizás, les enseñás a limpiarse el culo y cuando pueden, te la dan. Hay que matarlos a todos.

21

Durmió como un tronco. No fue profundo. Ni largo. Durmió como un tronco porque lo rodearon los bracitos y las piernas de los dos monos y las dos niñas y la cabecita de la Roja. Siente la tibieza de las pieles. Las respiraciones chiquitas. Antonio es un árbol. Y sus huestes, ramas. En cualquier momento empieza a echar hojas y a dar sombra. Bueno, sombra ya da. Y ve todo verde. Aparta de un manotazo la tierna urdimbre vegetal con que los ha cubierto la selva adentrándose en la choza. El sol caerá pronto. Arrecian ya las nubes de insectos. Ruge el yaguareté. Se recogen las flores. Se ven ojos amarillos en lo oscuro, luciérnagas. ¿Qué atrapan las luciérnagas en sus correrías? Beber, deben beber agua como todos los animales, incluso los árboles. Menos los hombres que también pero además el vino y los licores y los aguardientes y las chichas. Hay otros animales que beben otras cosas. Los mosquitos, por ejemplo, que ahora mismo se agitan gregarios y con ánimo de grandes predadores. Mejor vuelve a prender el fuego que está casi apagado. Se mueve muy lentamente. Desprende brazos y piernas de su tronco. Acomoda a las niñas conformando una nuez, Mitãkuña y Michĩ son la semilla, y Kuaru y Tekaka, la cáscara que las protege. Los tapa a todos con la capa. Los débiles tienen, siempre, invierno. Nunca jamás sintió tanto frío como cuando ni sostenerse en pie pudo y cayó desmayado. O tal vez no fue la debilidad. Pudo haber sido el clima de la cordillera allá arriba. O las dos cosas. Le gusta verlas así, tranquilas. Michĩ abre los ojos, inmensos en su carita que, oh, cómo ha sucedido esto tan velozmente, ya no está raquítica. Tiene las mejillas llenas. Los pega al cuerpo de Antonio, que lleva, ahora, esos ojos encima. Los sostiene como a frutos recién nacidos. Qué trabajo ser un árbol. Nunca lo había pensado. Hasta las piedras trabajan. Él escribe.

Las manos fuéronme quedando en carne viva según subía y bajaba velas, tía, ataba y desataba nudos, agarrábame o escapaba de las cosas que no se estaban quietas cuando la mar bravía. Dura es la labor del marinero. Fortuna quiso que comenzáramos bajando al sur, al calor, al sol que se te clava en el piel, al mediodía, por el Guadalquivir, que es río: debuté en aguas mansas. Vimos San Juan de Aznalfarache, que ya era gran ciudad bajo los moros, y las dos pilastras que quedan de su puente: sólo los hombres del lugar saben surcar este río sin toparse las naves con ellas y sin encallarlas en los bajíos. Llegamos al cabo a Sanlúcar, que es por donde se sale al Mar Océano y se pierde el olor dulce y todo es salitre y pez, hasta los hombres. España empezó a empequeñecerse, atrás, atrás, hasta que se dobló el horizonte y no quedó más que el mar mismo por todas partes. Empero no está vacío: seguíannos cientos de peces enormes de dientes terribles, cayó un grumete, inmediata-

mente soltamos la lancha por la borda y antes de que tocara el agua ya lo habían devorado. En instantes, un hombre fue una ínfima mancha roja y luego nada; uno juró ver al tiburón más grande escupiendo un fémur como si fuera un mondadientes. Yo no vilo. También venían tras nosotros los peces voladores, mi querida, surcando el cielo como flechas de plata, y unos otros tantos y tan juntos que parecían una isla. Y rodeábannos los pájaros. Poco pude detenerme en maravillas yo, ocupado como estaba en vendarme las manos, ardidas el día entero, y afanarme en mis nuevas tareas. Puedo contarte empero de las tormentas, de cómo el mundo entero tórnase una borrasca y te comen las olas y ya no hay arriba ni abajo sino un agarrarse de algo y revolverse, un golpearse contra todo, un hacerse mil añicos y rezar porque escampe. Nos traía consuelo santo Elmo cuando aparecíase como otra luz entre las de nuestras naos en la noche oscurísima y de tal esplendor cual antorcha. Hasta dos horas nos acompañaba y hubo quienes quedaban cegados una vez ida. Yo siempre conservé la vista, querida, pude ver cómo se mudaban hasta las estrellas, cómo perdíamos la referencia de la polar y aparecían otras nuevas. Para cuando llegamos, el sol en la piel me la había cuarteado y caíaseme, mas tenía las manos encallecidas. Estaba listo, tía, para lo que no sabía que me esperaba.

—Che, Antonio, acostate, vos.
—¿Por qué?
—Porque ya tenés tus alas, che.
—¿Puedo verlas antes de que me las pongáis?
—Nahániri.

22

Está ya, Ignacio, en la otra orilla. Reconoce su cama con su dosel granadino. Sus sábanas y su escudo familiar. Su tapiz vizcaíno con barcos, pescadores, mar y cielo donostiarros. Y la penumbra tenue de su dormitorio atravesada por un rayo de sol debilitado por los cortinados que parece entrar sólo para recortar, tajante, del fondo oscuro su cara verdosa, su brillante pelada y sus manos apoyadas sobre el vientre. Hace horas se despertó pero la cabeza le impide incorporarse. Pesa demasiado su dolor intenso, lacerante. Se le hace que es la ira de Dios descargándole mil rayos en la nuca. Y el estómago se le sacude como una nube preñada de truenos en el mismo cielo negro de tormenta. Su cuerpo entero es presa de una borrasca que no sabe de piedad. Qué ira ni qué Dios. Pregúntase si podrá dejar pasar un día más simulando inconsciencia. Y cuántos días llevará envenenado. Quién sabe por qué ha pensado en simular. El sacamuelas que tiene como médico le dijo que se trataba del vino, empero ese idiota se maneja con supercherías. Incluso un hechicero indio bailando en pelotas para pedir ayuda a sus dioses árboles con cara de jotes tiene más ciencia que él. Ha sido, está seguro, levemente envenenado. Un ramalazo de furia lo sacude. Vomita. Aparecen manos marrones en su haz de luz. Son sus indios. Le dan pánico. Aúlla.

—No te preocupés, capitán, que te estoy cuidando yo, el que te atacó y su familia y sus amigos y los parientes de los amigos y sus gallinas y sus lechugas están secos. A todos te los maté. Estos de acá son buenitos además, van a misa más que los curas, quedate tranquilo, a ver, mirame, hacé como yo: primero tomate este té, después inspirá, espirá.

La cabeza del soldado gato aparece en su haz iluminada con una taza en la mano. Se toma el té, le sienta bien. Lo imita, respira lento. Qué buena idea. Sí, se va a dedicar a eso. Se dedica nomás. Inspira. Ahora los indios pasan y lo dejan casi tan indiferente como siempre. Espira. Los mira. Uno lleva un lienzo para limpiar el suelo. Inspira. Otro alcánzale un cáliz con agua y una jarra. Otro le ofrece la jofaina. Espira. Todos parecen cobrar existencia, emerger de un fondo de sombras, cuando se le acercan. Ha de iluminar mejor su dormitorio. Si no hubiérase tropezado mil veces con diferentes cosas en las noches más oscuras, inspira, juraría que sólo es lo que es alumbrado. De hecho, se dice alumbramiento y dar a luz para decir parir, para decir nacer. Dado a luz. Pero lo oscuro tan vivo, tan lleno. De indios. Espira. El agua, limpia y salvaje, enjuaga su boca y cuando la escupe, escupe asimismo el miedo y la furia. Se siente, ahora, enternecido. Podría estar muerto en vez de un poco envenenado. Inspira. Quiso dormirlo Antonio, no darle muerte. Bueno, adelantársela. Qué listo es. Cree recordarlo cantando. La voz de niña. Espira. Su cara fea inclinada sobre la suya. La sombra creciendo hasta abarcarlo y, en el momento más umbrío, la sorpresa de la humedad de unos labios en la frente. Inspira. Como el roce de una planta de esas que gustan del agua, el beso. Un junco, un camalote florido, un yrupé. Y una tersura tensa despertando sin decoro. Inspira. Pero de quién la tersura. De quién la tensión. Y qué decoro. Espira. Agua, dice, y otra vez las manos aparecen de la nada. No se sobresalta. Lo siente al Gato respirando cerca. Sigue con lo suyo. Inspira. Lo que necesita, piensa, son unas máquinas manos, sin cuerpo, sin cabeza, con pies tal vez, que lo sirvan. Otra sólo con cabeza que recuerde eso que lo atormentaba hacía unos días. Espira. Una vida atrás. Lo de cuántos ascensos post mortem. Deja la cuestión para después. Bebe, bebe largamente. Y decide permitirse una siesta. Inspira. Y después ni idea. El ensueño lo abraza.

23

Mitãkuña y Michĩ bailan aun dormidas. Las mece el canto de los suyos. Han de estar sus madres, sus abuelas entre las cantantes. Mueven las cabecitas, tararean, parecen sostenidas por la canción infinita que, como los días, como las noches, no empieza ni termina por ningún lado. Continúa, nomás. Le vuelven a indicar a Antonio que se acueste boca abajo. Que se saque la ropa. Sólo le permiten dejarse los calzones. Parece un mapa la piel de Antonio. Surcada por ríos, montañas, quebradas. Las niñas tramaron las plumas en una red de hilos vegetales. Una especie de gran hexágono alargado en la espalda y una banda compacta pegada al pecho, a ese pedazo de cuero hecho trizas, puras cicatrices, un colgajo y dos pezones que tiene Antonio por pecho. Las plumas que forman la base de las alas son azules, de un azul oscuro y brillante. Son de anó grande. Arriba hay de todos colores. Verdes, rojas, turquesas, naranjas, amarillas, violetas.

—Parate, che, vos.

—¿Mba'érepa?

—Para verlo pájaro, Michĩ, che.

—Aquí estoy, niñas.
—Está bien, vos.
—Guyra ivaietereíva.
—No, Michĩ, no es ivaietereíva, pájaro muy feo no, lindo es, porã, che.
—Ivaietereíva.
—Iporã.
—Ivaietereíva.
—Iporã.
—Ivaietereíva.
—Iporã.
—Dejad de gritar, criaturas.
—Volá, che.
—Pues no.
—Subite a un árbol, vos, che.
—¿Mba'érepa?
—Un pájaro-hombre-mujer es, che.
—Héẽ.
—Subí, che.
Antonio obedece. Trepa por los troncos de las lianas que abrazan al yvyrá pytá. Las raíces y las hojas de los güembés lo coronan una vez en la copa. Las niñas se paran abajo, a dos pasos de la choza. Levantan las cabecitas. Antonio parece estar por echarse a volar. Las alas sobresalen brillantes, oscuras y moteadas de colores. Los pezones dulces en su pecho áspero, atravesado por la banda emplumada. Las piernas cortas. Sus pies agarrados a la rama como garras. La nariz ganchuda. Es un pájaro guerrero que ha sobrevivido a la guerra. Las niñas bajan las cabezas para mirarse entre sí. Retoman la discusión.
—Ivaietereíva.

—Iporã.

—Callaos.

—Cantá, che, vos, pajarón.

Antonio canta la canción de la Virgen del naranjel. La canta con su voz de niña. Tiene los ojos de las dos fijos en él, como frutos, otra vez. Es un pájaro. Es un árbol de cuatro frutas. Es un guerrero. Es una niña más. Mitãkuña sabe la canción. La cantan juntos varias veces. Ensayan variaciones. Traman sus voces como el güembé se trama a un tronco. Como la voz de la yacutinga acaricia el arroyo. Kuaru y Tekaka suben a su lado. Se mecen, dados vuelta, agarrados de las colas, con la melodía. La Roja aúlla suavemente. Antonio se cansa. Pide permiso para bajar. Se lo dan. Le sacan las alas ceremoniosamente. Les advierten a los monos y a la Roja que no las toquen y se van a buscar cosas por el monte. No dicen qué cosas.

—Cantad mientras caminéis. Quiero oíros.

Está hecho, tía. Te conté el primero de mis crímenes y he de seguir, júrotelo. Te escribiré la relación entera, que es casi lo mismo que contarte la historia de mi vida, no ahorraréme ni un indio, ni un animal, ni un español, ni un árbol. Miento, mi querida, no puede un hombre estarse toda la vida escribiendo. Ha de procurarse el sustento. Está dicho, lo del sudor de la frente. Que aquí suda aunque te estés tan quedo como una piedra. Empero las piedras no necesitan moverse: la sustentan las otras. Todo lo demás se mueve y las devuelve quietas al tumultuoso corazón caliente de la tierra, a crepitar hasta licuarse y burbujear, ser empujadas hacia arriba para ir aquietándose una vez más en la fría solidez y luego partirse y así. No, tía, no sé a qué viene esto de las piedras. He de estar dándote vueltas para no llegar a lo que debo, mi confesión entera. ¿Serías testigo a mi favor en el juicio del Señor? Aún no me contestes, espera.

Contarte quiero, para empezar, desde dónde te estoy escribiendo: desde esta selva, que es, para mí, una espera. Estoy esperando, tía. Salir vivo, claro, empero salir para dónde, para qué. Esta selva es inmensa, es un mundo adentro del mundo. Lleno de agua: llueve y llueve y además hácemela gotear a mí y a las plantas y a los animales y diríase que todas estas gotas se juntan con las de los ríos, los arroyos, los charcos grandes y pequeños y se evaporan sólo para volver a caer sobre nosotros. Estoy sentado a la vera de un agua, un lago tal vez, entre el follaje de unos árboles pinchudos, sobre una tierra que, cosa curiosa, no es roja. La tierra es roja en esta selva o es unas suaves, enormes piedras negras. Mas no aquí. Estoy quedo, como una piedra yo mismo, alejado de mis niñas, los monos y la Roja. Tenía dos caballos, empero no vuelven hace días. Siervos no tengo y, si es que soy arriero, lo soy por estas niñas. Ellas son mi carga. Te he mentido un poco, lo sé, pídote me perdones: todo sucede tan velozmente, tía, y falsear un poco se me ha hecho costumbre en estos años furiosos. Miento, querida mía, para poder vivir. Apenas un poco más que la mayor parte, que al menos no suele cambiarse el nombre. Mas ahora me estoy confesando con vos. Las estoy cuidando, a las niñas indias, se lo he prometido a la Virgen del naranjel, la del villancico del "cieguecito, cieguecito, si una naranja me dier". Y a mí me cuidan los indios de acá que, debieras escucharlos, cantan todo el día como chicharras. Si las chicharras cantaran como ángeles tal vez serían ángeles. O indios. Estamos rodeados dellos, sus voces llegan del norte y del sur, del oriente y del poniente y de las partes intermedias. Nos envían comida, que muy sabrosa es. Le he prometido a la Virgen devolverles las niñas vivas a los indios. No sé por qué no vienen a buscarlas, por qué se quedan cantando alrededor nuestro, por qué hacen vibrar esta selva con un aire como de paraíso. Si el paraíso tuviera alguna vida más que la de Él.

Son dos las niñas, tía. Muy pequeñitas. Una, la menor, Michī es su nombre, apenas ha completado los primeros dientes y la mayor, Mitãkuña, tiene algunos de los nuevos y agujeros en la sonrisa, que es espléndida, tía, como los primeros rayos cuando escampa luego de una tormenta en altamar, como encontrar agua pura en un desierto, como una nana de tu madre, o de tu tía, querida, cuando temes a la oscuridad siendo muy pequeño. Una habla día y noche, la otra apenas si sabe dos palabras; pregunta por qué a todo y dice que no a todo también. Hoy ha dicho una palabra más en su lengua salvaje. Feo, por mí lo dijo, has adivinado. Sentí el llamado de la Señora en cuanto las vi; supe que era Ella aunque no hubiera luces ni perfumes extraordinarios. Lo supe. Ella habíame salvado la vida esa misma madrugada. Debía darles de beber. Una dellas estaba presa del capitán, ya te hablaré de él. Mediante unos ardides logré liberarla y a los monos, que estaban en otra jaula y no eran parte de la promesa a la Virgen, empero, puesto a abrir jaulas, seguí, no pude contenerme.

—¡Niñas! ¡Niñas! ¡No os escucho!
—Somos cerca, che, no grités vos.

No soy un hombre de grandes contenciones, verás. Y aquí estamos. Yo, decíate, a las orillas de esta agüita, bajo este follaje, sobre esta tierra marrón clara e infestada de insectos que se placen en morderme. Necesita un hombre estar solo un rato. Y uno que ha sido siempre solo, salvo cuando no era hombre, en tu falda, lo necesita como al aire. He oído el aleteo de un colibrí, ah, tía, si verlo pudieras, imagínate un diminuto corazón color de noche, latiendo incesante y veloz, todo vestido de arcoíris y tal vez así logres divisar una sombra de este pequeño pájaro milagroso que gusta de libar flores con su inquietud trémula y fulgurante. He visto el brillo azulado del ala de un anó grande que pasó por sobre el agua. He sentido cómo agitó el aire caliente una urraca con sus alas, cómo habló, cómo el resto de la selva entendió el aviso y subieron, los monos, a lo más alto, y volaron, los otros pájaros, a lo más lejos, y se hundieron, los roedores, en lo más profundo. Ha de estar paseándose por aquí una serpiente. O un yaguareté. Yo me estoy quedo. Huelo el perfume embriagador de un palo santo. El orín que yo mismo he derramado y se ha llenado de mariposas negras y azules con un azul brillante como de Mediterráneo y de mariposas naranjas y rojas y de otras extrañas que tienen dibujado el número 88 en el reverso de sus alas: en la parte que se ve cuando las tienen cerradas, tía. Porque las abren y las cierran como si latieran. He mirado también la nube de insectos que se complace en flotar sobre el agua. Tanto tiempo la he mirado, tía, que he descubierto que no se mojan. Sí, están el día entero cayendo sobre el agua, no dentro, y remontando vuelo otra vez quién sabe buscando o hallando qué cosa, y no, no se mojan. Patinan sobre el agua. Y cada vez que apoyan sus patas el pequeño golpe hace círculos. Círculos que multiplícanse, perfectos, los unos a los otros cada vez más grandes hasta desaparecer. Y no chócanse con los círculos que hacen los golpes de los otros insectos, como si cada uno sucediera en una capa diferente del agua y ésta tuviera cientos de ellas, miles. Ha de tenerlas, las estoy viendo. Estoy quedo, tía, tan quedo como no recuerdo haber estado desde el día en que hui de tu lado. Y tal vez nunca, que antes de ese día vime obligado primero a buscar refugio en vos y después a buscarle la puerta a tu refugio. Quedo estoy, como jamás antes. Y es esta quietud la que me hace capaz de confesarme, de tener el peso necesario para ser el impacto y el centro de los círculos de un impacto, de muchos. Se me organizan alrededor y puedo decírtelos. Puedo decirte, por ejemplo, que las niñas me pesan. Empero son hermosas: sus manitas pequeñitas, el modo en que la menor me agarra los dedos, sus cabellos suaves y muchos, los ojitos llenos de destellos, el modo en que me habla y me habla la mayor. Las sonrisas, tía, las lengüitas rosas de cachorras. Me pesan, las niñas: a ellas déboles esta quietud, esta detención, estas horas sin más ansias que escribirte, rascarme o comer. Me voy a comer, tía, huelo ya los guisos indios. Debo, además, velar por mis niñas. Por mis anclas. ¿Será que la Virgen quiso darme raíces, tía, tierra?

24

Debe reunir fuerzas para afrontar el día, para recuperar su autoridad. Entre estas bestias, hay una sola forma. Ha de hacer tronar el escarmiento. Ay. Espira, las ceremonias. Inspira. Ay, los tambores del patíbulo. Espira. Ay, la postura erecta. Inspira. Ay, la firmeza del mando. Espira. Preferiría dormir todo el día. Inspira. Sigue en su cama. Mejor duerme todo el día. El Gato le da más té. Le mete papillas en la boca. Le dice que se quede tranquilo. Inspira. Es bueno para las resacas. Lo nombra alférez secretario. Ordena que le traigan los vestidos correspondientes. Se da vuelta hacia la pared. Espira y se duerme otra vez. El alférez Gato recibe su nuevo grado exultante. Reúne a las tropas. Explica la situación del capitán. Les promete que intentará conseguir clemencia del militar hacia las graves faltas cometidas. Les ordena salir en pelotones para buscar oro. Si no hay oro, que traigan a los indios que lo tengan. Y que preparen los diez potros por si no quieren hablar. Las cuadrillas salen. El alférez Gato se ocupa tiernamente del capitán. Ahora, le está leyendo ese libro que está de moda en España. Lo hace reír al Gato. Y al capitán también.

Preguntóle si traía dineros; respondió don Quijote que no traía blanca, porque él nunca había leído en las historias de los caballeros andantes que ninguno los hubiese traído. A esto dijo el ventero que se engañaba, que, puesto caso que en las historias no se escribía, por haberles parecido a los autores dellas que no era menester escrebir una cosa tan clara y tan necesaria de traerse como eran dineros y camisas limpias, no por eso se había de creer que no los trujeron ...

—Sigue, Gato, por favor, sigue leyendo.

Se encuentran en las carcajadas el Gato y el capitán, que pierde el control y se orina. A una señal del Gato, tres indias se encargan de las impudicias del militar. El capitán aprecia el gesto. Finge ignorar lo que acaba de sucederle. Es una vida amable, piensa el capitán, que comienza a ver dulces los ojos que hasta hace unas horas le parecían ladinos. Dulces ojos teutones en una cara de indio malo, se dice. Que siga, que siga, y sorbe su té. Vuelve a dormirse, otra vez mojado de risa. El Gato sale a revistar sus tropas.

25

Sobre el río, la luna alumbra un hueco de cielo desmayado ya de naranja. Naranjas. No pudo encontrar las naranjas de la Virgen. Pero con este cielo y las otras frutas que traen Kuaru y Tekaka, cree que la promesa ya está cumplida. Las niñas cantan y los monitos trepan velocísimos a lo más alto del palmito. Le han robado la pluma a Antonio. Mitãkuña y Michī se ríen, Antonio grita.

—Bajad, simios de mierda, bajad ahora mismo. Os decapitaré si dañáis mi pluma. Y comeré vuestros sesos tibios. ¡Bajad!

Michī le toca la pierna. Antonio sigue su manita con la mirada. Está en lo cierto, podría ofrecerles frutos de pindó a los monos. Con la espada del capitán corta un racimo. Les tira algunos. Sueltan la pluma. Vuela, casi, Antonio, escurriéndose entre las lianas. Logra atajar la pluma que ha caído lento, rebotando en la maraña. Las niñas siguen cantando. Kuaru y Tekaka bajan. Toman el racimo entero. Vuelven a subir al palmito. A una señal de Mitãkuña, todos se sientan alrededor del fuego. Antonio también.

—Escuchá, che, lo que cantamos, vos.
—Por favor, cuéntame.

Nuestra mamá la primera
para su cuerpo creo
en lo oscuro de antes
las patas de los pies,
en lo oscuro de antes de antes
las primeras patas
los pies primeros.

En lo oscuro de antes
de las trenzas le crecieron
unas flores yvoty morotĩ con plumas
unas gotas de rocío de antes
de antes son gotas de rocío
de rocío de rocío de antes.

Metido en las yvoty morotĩ del
adorno de las plumas,
el pajarito rayo-trueno el colibrí mainumby
de antes, de antes, el colibrí mainumby
vuela vuela revolotea
de antes de antes con las gotitas
del rocío de antes
revolotea el colibrí mainumby
de antes de antes.

Mientras nuestra primera mamá
se tejía un cuerpo,
había un viento primero de antes,
de antes entre las gotas.

De las primeras gotas
venía el pajarito rayo-trueno colibrí mainumby.
Antes de hacerse
su casita
antes de inventar
el cielo celeste
el colibrí mainumby le daba agüita
que mamá tomaba del piquito
y los mburukuja del paraíso
del pajarito rayo-trueno Colibrí
de antes de antes
le daba agüita en la boca
a nuestra mamá primera.

De antes de antes
los pindós del paraíso
a nuestra mamá primera le daba
de antes de antes
el pajarito rayo-trueno mainumby
de antes de antes
le daba yvoty morotĩ en la boca
a nuestra primera mamá
de antes de antes
las yvotyño perfumadas del paraíso
a nuestra mamá primera
de antes de antes,
el pajarito rayo-trueno colibrí mainumby.

—¡Nahániri!
—Sí, che, Michĩ.
—¡Nahániri! Ñanderu.

—No. Padre no es. Madre es, Ñandesy.
—¡Nahániri! Ñanderu.
—Madre.
—Nahániri.
—Estaba el colibrí, che, al principio, vos, Antonio.
—No. Dices supercherías. Tienes que escuchar la palabra de Dios.
—Supercherías vos, che. Dios come comida.
—No. Dios no necesita nada.
—¿Mba'érepa?
—Porque todo está en Él, Michĩ. Como el árbol en la semilla y la selva en el árbol.
—Nahániri, che. Un árbol no es selva, vos.
—El Señor ha hecho el mundo, Mitãkuña.
—¿Mba'érepa?
—Pues no sé. Así lo quiso.
—¿Mba'érepa?
—¿Se sentía solo?
—No sé. Tal vez.
—Entonces necesita, vos, che.
—Quizá, Mitãkuña.
—¡Sapucai, vos, che! El colibrí le da comida.
Mitãkuña pone una olla con agua en el fuego. Le mete racimos de los pequeños frutos rojos de un arbusto, añá-kti los llama. El agua se torna sangre. Bulle. Cantan los tres. *Oh, de antes de antes, el primer primer colibrí, pajarito rehegua, los frutos del paraíso, de antes de antes, a nuestra tía tía primera, pajarito bonito, vuela, vuela, el colibrí.* Mitãkuña saca la olla del fuego. El agua es de un rojo intenso. Mete los dedos. Vuelve a ordenarle a Antonio que se saque la ropa. Vuelve a quedarse en calzones y lo pintan. Antonio

es otra vez un mapa. Otra vez lo surcan ríos, lagos, montañas y abismos, ahora colorados. Se le ocurre que lo que están haciendo con él es alguna especie de ceremonia. Le gusta, se deja hacer. Quién sabe si estas niñas podrán darlo a luz. Que bien a ciegas que ha andado, *de antes de antes, el primer primer pajarito*. Lo dejan un rato solo.

Cayó el sol, tía. Los animales del ocaso chillan. Las niñas dibujan sus extraños signos en la tierra. Los monos se están un rato, cosa extraña, inmóviles. Débote, no me olvido, la relación de mis crímenes. Déjame contarte antes que sobreviví a un naufragio y sufrí las fiebres del trópico y me salvó dellas un esclavo negro y maricón, la Cotita, en la tienda que fue mi primer trabajo americano. Ahora, mi primera muerte, la que di, la que le adelanté a alguien que, claro, mi querida, ya la tenía dada, como todo y todos. Fue así: estaba yo en Saña, en el Virreynato del Alto Perú, y había ido, ya curado de mis fiebres y bien establecido como tendero, a la comedia, que el hombre debe descansar y divertirse, estarás de acuerdo, lo sé. Mi vida era calma y plácida, querida mía. Llevaba yo los libros, vendía y lo anotaba, fiaba a quienes mi amo me había indicado y lo anotaba, pagaba las mercaderías y también las anotaba. Y ese día, que era de fiesta, fui a la comedia. Estaba yo en mi asiento cuando se me puso un tal Reyes tan adelante, tan arrimado y con un sombrero de alas tan anchas que impedíame la vista. Díjeselo en buen tono y me respondió en el peor: "Cornudo", me dijo, y que me cortaría la cara. Tía: ése fue el hombre que me empujó. O fue mi hombría, mi honor. O los dos. O quién sabe, tal vez sí estaba escrito que saldría yo de allí, que me sosegarían mis amigos, que iría el lunes a la tienda como todos los lunes, que vería al tal Reyes pasar una vez y una vez más por la puerta, que tomaría un cuchillo, que iríame al barbero, que pediríale que lo amolara y lo picara como sierra, que pondríame mi espada, la primera que ceñí, que vería a Reyes con otro hombre en la puerta de la iglesia, que le gritaría:

—¡Ah, señor Reyes!

—¿Qué quiere?

—Ésta es la cara que se corta.

Que daríale con el cuchillo un refilón que le harían diez puntos. Que su amigo sacaría la espada y vendríase hacia mí, que nos tiraríamos los dos y yo entraríale la punta en un costado, que pasaríale del otro lado y él caería. Así, mi querida: breve y veloz como te lo cuento. Tal vez más breve y más veloz aún. Que entraríame a la iglesia mas el corregidor lo haría atrás mío y sacaríame a la rastra y que ésa sería mi primera noche de prisión americana, con los grillos y el cepo echados. Que la noche sería larga, mi querida, mas no mi pena: vendríase mi amo desde Trujillo, haría mil diligencias hasta que fuera yo devuelto a la iglesia y allí me estaría tres meses hasta que se solucionara el pleito. Que el hombre al que había derribado perdería mucha sangre empero no moriría.

—Quieto, vos, che.

—Quieto estoy.

Lo dibujan, ahora. El torso de Antonio se llena de guardas geométricas. Mitãkuña murmura en su lengua. No sabe, Antonio, qué es este juego. Las deja. Terminan, o se aburren, y se van. Cantando, para que las oiga, cantan todo el día y más fuerte cuando se alejan de él. Los caballos ya no volverán. Ojalá hayan encontrado su pampa. Estas selvas no son vida para corceles.

Que pretendería mi amo casarme con su querida, prima del tal Reyes, tía, para arreglar el entuerto, que no querría yo, que porfiaría él sobre las dotes de la dama y la conveniencia de la unión, que mandaríame a visitarla a su casa, que ella insistiría en dormir conmigo y no querría yo, que encerraríame, que tendría que imponerme con las manos para poder huir, que diríale a mi amo que de ninguna manera haría tal casamiento, que aceptaría él mi decisión y mudaríame de tienda. Que partiría rumbo a Trujillo, a comenzar otra vez, creía yo, una vida recta luego de este pecado. Que a los dos meses de trabajarle la tienda a mi amo de tanta conformidad como había trabajado en la de Saña, un esclavo avisaríame que había en la puerta unos hombres que parecían traer broqueles, que daría yo aviso a un amigo, que éste vendría, que saldríamos y de inmediato nos atacarían. Que querría la suerte que mi espada atravesara y, esta vez sí, matara a uno dellos. Que mi amigo correría a la iglesia, que a mí me prenderían mas, preguntándome el corregidor quién era y de dónde venía y contándole yo que era vizcaíno, me diría en vascuence que corriera cuando pasáramos por la puerta de la iglesia. Que así lo haría, tía querida, y allí me estaría hasta la llegada de mi amo, que seguiría mi juicio y lograría que saliera libre. Que pagaríame mis sueldos, haríame dos vestidos y partiría yo para Lima. Y que desde ese momento, hasta ahora mismo, mi vida sería como una roca que cayera por una pendiente muy pronunciada. Veloz y a los tumbos —bruto, ciego y sordomudo— he vivido, sin saber de este mundo casi nada, tía querida, más que un animal perseguido. Más que el ciervo que se habrán desayunado la yaguaretesa y sus cachorros y más luego se habrá almorzado el jote. Empero no he sido un ciervo. He sido un animal feroz, tía. Y maté por mi honor o por mi vida o porque era soldado o porque ya venía, tía querida, como viene un alud, matando y para abajo, ¿y quién detiene un alud? Una canción, tía, unas niñas cenicientas, un sueño en voz alta, una promesa mal hecha. Una naranja, querida.

26

Demudados llegaron. Pálidos. Con la mirada perdida o viendo algo que sólo ellos y que sería el infierno mismo. Días y muchos muertos se tardaron las cuadrillas en encontrar una pepita. Andan sin oros los indios de la selva. Mas hallaron a tres que lo tenían. Los trajeron los únicos dos sobrevivientes de los cien soldados que mandó. El alférez Gato, sentado en el despacho del capitán, ordena que reciban cuidados, comida, baño. Hecho esto, va a lo importante. Encara a los indios y les pregunta de dónde lo sacaron. Como no aciertan a responder, no entienden castellano, Gato llama a dos esclavos para que sean sus lenguaraces. Como dicen no saber, los hace arrastrar de su despacho, el del capitán, a la sala de interrogatorios. Al potro. Los amarran de tobillos y muñecas a las ruedas que giran en sentidos contrarios. Va también él mismo. Se sienta frente a ellos. Como porfían en su ignorancia, les hace dar una vuelta. Como siguen porfiando, ahora pidiendo piedad y llorando, les hace dar otra vuelta. Y otra. Y otra. Uno de ellos jura que llovió el oro en su aldea. A éste lo hace descuartizar a vuelta y vuelta el Gato. Es sabido que el oro no llueve. Viendo la suerte del anterior, otro dice que se lo dio un inca en la montaña. Lo libera. Ordena que le aten el cuerpo a un palo para mantenerlo entero. Lo encadenan a la montura de un caballo y lo sigue un pelotón en dirección a la montaña. El último jura que lo encontró bajo las raíces de los árboles. Que hay en las de unos en especial que son hermosos de verse. Que crecen a la vera de los ríos. Que huelen a paraíso. Que sus propias flores son como de oro. Pequeñitas, en racimo, de un amarillo intenso como el sol. Que él les mostraría. Al Gato le parece que éste dice verdad. Conocido por todos es el gusto del oro por andar entre la tierra y el agua. Lo envía a descansar y a ser atendido por el sacamuelas. Ya habrá tiempo de ir a por esos arbolitos que florecen dorados. Se vuelve a los aposentos del capitán, a darle su tisana y sus papillas en la boca. Milico de mierda, maricón. Lleva casi dos semanas sin terminar de curarse. Pero qué gusto leerle el libro este gracioso.

> *Digo que estaba atado a la encina, desnudo del medio cuerpo arriba, y estábale abriendo a azotes con las riendas de una yegua un villano que después supe que era amo suyo; y así como yo le vi le pregunté la causa de tan atroz vapulamiento; respondió el zafio que le azotaba porque era su criado, y que ciertos descuidos que tenía nacían más de ladrón que de simple; a lo cual este niño dijo: "Señor, no me azota sino porque le pido mi salario". El amo replicó no sé qué arengas y disculpas, las cuales, aunque de*

mí fueron oídas, no fueron admitidas. En resolución, yo le hice desatar, y tomé juramento al villano de que le llevaría consigo y le pagaría un real sobre otro, y aun sahumados.

—Todo lo que vuestra merced ha dicho es mucha verdad —respondió el muchacho—, pero el fin del negocio sucedió muy al revés de lo que vuestra merced se imagina.

—¿Cómo al revés? —replicó don Quijote—. Luego ¿no te pagó el villano?

—No sólo no me pagó —respondió el muchacho—, pero así como vuestra merced traspuso del bosque y quedamos solos, me volvió a atar a la mesma encina y me dio de nuevo tantos azotes que quedé hecho un Sambartolomé desollado; y a cada azote que me daba, me decía un donaire y chufeta acerca de hacer burla de vuestra merced, que, a no sentir yo tanto dolor, me riera de lo que decía. En efecto, él me paró tal, que hasta ahora he estado curándome en un hospital del mal que el mal villano entonces me hizo. De todo lo cual tiene vuestra merced la culpa, porque si se fuera su camino adelante y no viniera donde no le llamaban, ni se entremetiera en negocios ajenos, mi amo se contentara con darme una o dos docenas de azotes, y luego me soltara y pagara cuanto me debía.

—Pues que ya ves, Gato, no es posible ayudar a nadie. Para ayudarlo, tienes que traértelo a vivir contigo. Tú vives conmigo, Gatito. He de ayudarte.

—Señor, espero que no como don Quijote, señor.

Entre carcajadas cierran la noche los dos hombres. Ya llegaría el día de mañana. Ya le contaría del oro al capitán. Ya. Cuando encontrara un poco. Ya se veía capitán él mismo, español por oros, por derecho.

27

Ya no usa sus vestidos, Antonio. Anda pintado de la cabeza a los pies de ríos rosas y rayas negras y franjas rojas. Lo cubren casi enteramente. Ya casi no se ven ni sus cicatrices. Se ha dejado el calzón nomás, un trozo de tejido alguna vez blanco y ahora terroso. ¿Estará dejando de ser un caballero? Canturrea. Se baña en el río. Se come las comidas de los indios que, lo está notando ahora mismo, están cambiando sus cantos. Cada vez cantan menos las mujeres y los niños. Y más los hombres. Suenan a guerra estos cantos. ¿Habrá de inquietarse? Las niñas tienen que estar a salvo. Decide hacer una casa de árbol en uno vecino, no el yvyrá pytá que les ha dado refugio y frescor durante las siestas tórridas sino otro de su especie a unos quinientos pasos, que, cubierto de flores y plantas con hojas grandes y raíces, es un buen lugar para esconder niñas. Le cuenta sus planes a Mitãkuña. Los encuentra razonables. Comienzan a juntar ramas y hojas largas y cuencos. Antonio, por su parte, afila su espada y su daga. Limpia su arcabuz y su escopeta. Lamenta que no hayan vuelto Orquídea y Leche. Aunque le gusta imaginarlos libres. Galopando. Comienzan, también, a amontonar piedras. Michī junta hormigas tigre en un coco. Es un buen plan. Si no fuera porque se escapan, suben por sus brazos y la muerden. Llora. Antonio la calma. Ella se desanuda de su abrazo. Corre a una mata. Corta una hojita. Se la frota en las heridas. Antonio las ve desaparecer. Piensa que no es posible. Si no fuera por la premura, se detendría en ese pensamiento y en la piel de Michī. No se detiene. Tal vez sería mejor trepar las piedras, las rocas negras y pulidas que sostienen a las cascadas. Ir detrás de las cascadas, donde los jesuitas. Desde allí sería sencillo volver a España, cree. Podría llevarse a las niñas. Hacer princesas de esas dos bestezuelas hermosas. Debe pensarlo. No parece urgente. Se olvida. *El primer rayo trueno de antes de antes refresca la boca de mamá, de antes de antes.* A escribir.

Las naranjas también caen. Y ruedan, mi querida, como he rodado yo. Hasta Lima, aquella vez. Quisiera describírtela, recuerdo vagamente su grandeza, recuerdo della lo que era España. Mas una España extraña, llena de un oro que traía signos de un mundo otro, el de los indios que corrían de aquí para allá siempre cabizbajos, o de su sangre, empero el oro tan solar y tan oscuro como siempre en los conventos, las iglesias, la universidad y el arzobispado. Mas poco habría de mirarlos pese a que del oro el esplendor llama, esa especie de hambre que da, urgente empero leve, mi querida, un ansia de las que no me rigen. A mí nunca me rigió el oro. El derrotero me regiría, un vértigo de huir, la persecución. A veces creo que he tenido una vida de liebre en un campo lleno de perros. Empero luego recuerdo cuántos perros descuartizados dejaría en el camino. En Lima, ninguno. Estaría poco tiempo pese a haberme establecido en una nueva tienda con un nuevo amo y a haber trabajado allí con suma conformidad de ambos. Tenía mi amo mujer y su mujer dos hermanas doncellas que se me inclinaron, querida. Sí, presumo que ya lo habrás adivinado: se me inclinarían las doncellas tanto como se le inclinaron a tu hermano, mi padre. Y como tal vez se te hayan inclinado a ti también, querida, tan bella has sido y has de ser aún, tan hermosa y regente, tan priora, tan recia tú. ¿Te inclinas, a tu vez, tía? Yo me inclino. Esa vez no, esa vez estaría yo con la cabeza recostada en la falda de una de las doncellas, la que gustaba de peinarme, y andaríale yo entre las piernas cuando pasara mi amo. Ay, tía, qué habráme llevado a olvidar cerrar las ventanas, qué a no esperar dos días a que mi amo perdiera la cólera, qué a correr a la milicia, a sumarme a las seis compañías que estaban levantando para Chile. Pasados tres días, mi amo querría que volviera con él. Mas me dejaría llevar por mi inclinación, querida, la que regiríame siempre por sobre todas las otras y la que tal vez he perdido o tal vez no, no lo sé aún: quería yo andar y ver mundo. Andaría, anduve. Empero poco vería. Ahora estoy viendo, querida: las niñas dibújanme el cuerpo. Cuéntanme cómo ha sido creado el mundo, creen que lo creó una diosa alimentada por un colibrí. La mayor dice que fue una madre la creadora. La menor enójase, dice que ha sido un padre. Mas ninguna de las dos discute al colibrí. Mi cuerpo está pintado completamente, no acierto a saber si para la guerra o para un bautismo, tal vez hácenme de ellas las niñas. Creo que son niñas brujas. No hemos de volver a España, duéleme decirte. Las quemarían.

—Es una óga buena, che, vos.

—Si vienen los que son como yo, os ocultaréis allí.

—Héẽ, che. No te van a conocer.

—Creo que mejor así, Mitãkuña.

—¿Mba'érepa?

—Porque te sacó de la jaula, che, Michĩ.

—¿Mba'érepa?

—Le prometió a la Señora, la mamá de Dios, che.

—¿Mba'érepa?

—No sé. ¿Por qué, che, vos?

—Olvídalo. No han de cogernos.

28

Ahora sí. El capitán está de pie en su habitación. Gato le trae sus vestidos. Le sirve su tisana. Le pasa el peine hasta dejarle bien tapada la calva. Le vuelve a recordar a don Quijote. Ignacio está, pese a las risas, melancólico. Lo contraría el teatro del poder, está cansado. Pero si no se para y da las órdenes de muerte, si no se mantiene erguido durante toda la ejecución, ¿cómo ha de sostener su autoridad? Bien sabe Dios que preferiría ir al río a darse un baño. Pasarse el día flotando como un camalote y comiendo uvas mientras su nuevo secretario le lee el libro este tan cómico. Gato le habla del trabajo de los hombres. De cómo casi todos se han afanado en interminables labores para remediar sus faltas. De cómo han capturado indios con oro. De cómo los han hecho hablar. De cómo ha resultado decir uno que bajo unos árboles de flores doradas a la vera de cierto río se encuentran pepitas. De cómo han vuelto apenas dos hombres de los cien que ha mandado. De cómo están blancos como fantasmas y no hablan. De cómo el terror se los ha comido y los retiene en sus entrañas. De cómo parece ser ésta una tierra de unos indios cantores y de mucha puntería con las flechas. Ignacio le ordena que se calle. Mas luego le pregunta por qué ha dicho casi todos. Gato le dice que hay un grupo de rebeldes. Que el cabecilla es el tal Domínguez. Que exigen volverse a España. Que prefieren la cárcel más vil a esta selva. Que no han de salir a buscar ningún oro, que el único que parece haber es la muerte. Gato miente. Domínguez y los otros lo humillaron más de una vez. Indio de mierda, puto, le dijeron. Al capitán le da igual. A algunos tiene que ajusticiar. Pueden ser estos u otros. Le ordena a Gato que vaya a hacer formar a las tropas en la plaza. Y a los indios a calentar los tambores. Donde lo hacen siempre. Cerca del patíbulo. Imagina el temblor de sus soldados. Espira largamente y deja de prestarle atención a la respiración. Está reflexionando sobre el alivio de los indios. Por una parte, a ellos se los mata sin música. Por otra, qué soldado no les ha perpetrado una ofensa, una paliza, una tortura. Han de soñar con legiones de tambores que suenen para cada una de estas bestias. Los fabrican cada noche. Les pintan palmeras pindós. Yararás. La selva entera. Y en el cuero sus monstruos. Sus bestias hechas de partes de animales con cuerpos de hombres. Para invocarlos, para encolerizarlos a los golpes, para lanzarlos sobre la muerte blanca que les llegó en los barcos. Pintan con tinta invisible los muy ladinos. Una tinta cuyas líneas ígneas se encienden cuando tocan la música del patíbulo.

Le llega, al capitán, el olor de los cueros entibiándose como la orden de un superior. Se lanza firme al día. Traspasada la puerta de sus aposentos el sol le hiere los ojos. A cumplir con el deber. Cuánto daría por estarse el día entero papando moscas. Nada da. Es hombre noble y es militar. Debe, es lo primero, hacer respetar la autoridad y respetarla él mismo casi siempre. Aun comprendiendo, como comprende, el asco de sus hombres por el aguardiente indio. El deseo de riojano. Las ganas de alguna fiesta que haga olvidar un rato esta tierra feraz. Estas fiebres. Esta traición anidando en cada rama. En cada par de ojos. Hasta en los de las arañas que son más de un par. Marcha a hacer lo suyo el capitán hacia el centro de la plaza. Sus soldados, formados, empalidecen. Tiempo han tenido para agrandar entre todos las fechorías del secretario fugaz. El fugitivo. La desesperación por no ser ellos los comidos por los jotes esta noche los atormenta. Padre nuestro, que estás en los cielos. Que no sea yo. La traición acecha en los propios hermanos de armas. En aquellos con quienes lucharon espalda con espalda. El capitán está convaleciente. Sus ojos naufragan en ojeras violetas. Quiera Dios que la fuerza lo abandone pronto. Señala:

—Tú, Domínguez, marrano. Y tú, que debías saber que no puede beberse en una noche de luto, como si fuera fiesta pagana, el vino para un año. Y tú.

Podrían ser más. Podría hacer ahorcar a medio regimiento o al regimiento entero y sería justo. Pero quedarse solo en medio de esas selvas. Ya están sujetos los condenados. Piden, en vano, piedad. Les recuerdan a sus compañeros haberles salvado las vidas. Haberles compartido el último mendrugo de pan. La cantimplora en el desierto. El abrigo en las nieves.

Lo que grita es el cuerpo. Sus almas se saben culpables. No le encuentran grieta a la certeza de que harían lo mismo que están haciendo los otros de haber tenido su suerte.

—¡Confesión!

Grita el Gato con su fuerte acento americano. Sus pómulos tallados a cincel y ojos de un verde que sorprende. Unos ojos que no son españoles ni indios. Unos ojos que parecen una advertencia cainita. Es la primera vez que Ignacio los ve a la luz del día. El Gato le acerca silla, agua y frutas jugosas. Le ofrece una tisana nueva.

—Si vos me permitís, mi capitán.

Y toma el primer trago de la tisana. Y luego otro. Y luego otro más. El capitán se anima y toma el resto. Comienza a sentirse mejor. La energía nueva de la tisana nueva viajando en su sangre le da fuerzas para mandar a apresar a otros dos. Los más biliosos. Un rengo y un tuerto que nunca le gustaron. Siente deseos de colgar a alguno de los curitas, qué listo Francisco que les ha inventado guardias, pero se aguanta. Hay que elegir las batallas. Más chillidos e improperios. Se entretiene un poco. Restaurar el orden puede ser tedioso con tanta ceremonia. Pero tiene su encanto. Siente cómo el cuerpo enfermo de sus tropas se sana al mismo tiempo que el suyo. Más súplicas y maldiciones. En vano, piensa, y se envanece. Chocan contra el muro de su deber. Sostenido por él mismo su ejército entero. ¿Cuál otra que él mismo la razón de la obediencia de sus hombres? ¿Qué les impide a esos tarados rebelarse ahí donde están, lejos del mundo? Él mismo, España. Qué buena tisana.

Qué fortuna este americano gato. Los tambores suenan tan furiosos que los pájaros casi oscurecen al sol en su huida. Asiste, el capitán general, sentado a las ejecuciones. Le dan, nuevamente, arcadas.

—La piedad, señor, es una virtud cristiana, ya sabés. Y más cristiano todavía el sacrificio de cumplir con el deber: el Señor te va a recompensar la lealtad al Rey, el nuestro, el de la cristiandad entera. Te va a dar el pan y los dientes y las medallas para que te colgués arriba de la panza después de comer. Tomate otra tisana, haceme caso, y vas a ver cómo te ayuda a recuperarte del dolor del deber cumplido.

Zalamero el americano, fingir que confunde resaca con piedad. Empero buen médico y buen lector, ya lo ha probado suficiente. Le ordena que mande una compañía con el indio que dice que hay oro bajo las raíces de los árboles. La segunda tisana le quita el asqueroso hastío que la representación le ha causado. Puede volver, ahora sí, a sus habitaciones, para irse luego al río. El Gato y los más fieles pueden bañarse con él. Podrían luego jugar a las cartas y cantar. Ordena llevar mantel, comida y vino. Un poco ha quedado.

29

Las niñas quieren saber. Se despiertan. Deshojan el capullo que forman todos juntos cuando duermen. Se paran y preguntan. Todo.

—¿Por qué queman, che, vos?

—¿Qué queman?

—Gente.

—¿Mba'érepa?

—Pues, porque han cometido pecados ante Dios.

—¿A Dios le gusta, vos?

—Purifica, el fuego, Mitãkuña. Y pacifica a Dios.

—¿Los comen?

—¡No! Eso sólo hácenlo los salvajes.

—¿Quién son los selvajes?

—¿Mba'érepa?

—Vosotras, los vuestros.

—¿De la selva somos selvajes?

—Sí.

Los cantos de los indios se han vuelto cada vez más feroces. Le provocan escozor en las heridas de guerra que tiene en todo el cuerpo. También le pican las ganas de escribir. Tiene todo listo y se volvió a vestir, aunque no se quitó sus pinturas ni siquiera de la cara. Las niñas saben que han de subirse al árbol. Y huir por allí arriba hacia sus familias. Que sus familias están cerca, le ha dicho Mitãkuña, que están seguros. Pero las voces. Los cantos aguerridos. Que están seguros, insistió la niña, y Antonio le cree por ahora. Aunque la urraca que los visita cada día grita. Las urracas hablan. Avisan del peligro. Hay peligro. Tiene que terminar lo que ha prometido. ¿Logrará que le llegue la carta a la tía? ¿Se la llevará él mismo, con sus niñas vestidas de príncipes y él mismo de rey indio? Mejor escribe.

Nada vería. Ni lo que más hubiera deseado ver en esa noche, la más oscura de mi alma, en la que no, no vi, tía. Seré veloz, veloz, como veloces fueron los tiempos que me atravesaron. Y no sería lo único que me atravesaría. Vamos, vamos, a qué más vueltas, cuéntote ya: hallaríame rápidamente en el reino de Chile. Sería tal mi suerte que la lista de la milicia la pasaría Miguel de Erauso, hermano mayor mío a quien yo no conocía por haber él partido siendo yo de dos años mas de cuya existencia estaba enterado. Tomaría lista, preguntaría los nombres y procedencias, y al decir yo que soy vizcaíno, vendría a abrazarme y saludarme en vascuence pues no se encontraba con un compatriota desde que había salido de España. Terminaría yo de soldado suyo, comiendo de su mesa tres años, disfrutando de una hermandad que me había sido tan desconocida como sería secreta: sólo yo la sabría. Hube de recrearme en el afecto suyo, un amor que creía vedado para mí desde que hui de tu lado, un amor imposible, tía, el de la familia, el de las espaldas cubiertas, el del lugar al que volver. Porque ¿adónde habría de volver? ¿A tu lado?

¿Qué haría un hombre, un soldado, en un convento? Tuve a mi hermano. Empero acompañaríale yo algunas veces a casa de una dama que allí tenía y que se me inclinaría y volvería yo solo otras veces y él me vería y me esperaría en la puerta y me atacaría y forzado me vería yo a defenderme. Se enteraría el gobernador y enviaríame al infierno de Paicabí, donde estaría siempre con las armas en la mano por la gran guerra que nos harían los araucanos. Es curioso, tía: la guerra aleja a las reglas, incluso a las de las mujeres. Nunca padecílas desde entonces. Alojados cinco mil hombres en los llanos de Valdivia, pasaríamos gran trabajo, mas venciéndolos y haciéndoles grandes destrozos durante cuatro asaltos. Hasta el quinto: allí los destrozados fuimos nosotros, nos matarían muchas gentes y capitanes y hasta a mi alférez, tía querida, y se llevarían las banderas. Aun muy golpeado de una pierna, saldría tras ellos, mataría al cacique que la llevaba y atropellaría con mi caballo, aplastando, matando e hiriendo a infinidad. Terminaría malherido: atravesado por tres flechas y con una lanza clavada en el hombro izquierdo, que me dolía mucho. Vendrían por mí algunos y entre ellos mi hermano, que me sería de gran consuelo. Ay, Miguel. Nueve meses duraría mi curación y a mi lado estuvo cada día. Al cabo de ellos, mi hermano llevaría la bandera que había yo recuperado y me harían alférez, tía. Cinco años serví como alférez.

—¿Qué es alma, che?
—¿Mba'érepa?
—Eh… pues, el espíritu de una persona, Mitãkuña. Porque sí, Michĩ.
—¿Qué es espírtiru, vos?
—Como Ka-ija-reta, que está pero no se ve, la

parte que no se muere nunca, la incorruptible. Dejadme solo, vayan cantando.

—¿Es selvaje, vos?

—No sé, Mitãkuña. Idos a pasear. Cantad.

—¿Y las naranjas, che? ¿Por qué no las buscás, vos?

—Buscadlas vosotras, id cantando.

—¿Mba'érepa?

—Ya sabes por qué, Michĩ.

Hallaríame en la batalla de Purén, donde fue muerto mi capitán, y seis meses estaría yo al mando de mi compañía, teniendo en ellos varios encuentros de indios y siendo herido de flechas. En uno de ellos toparíame con un capitán de indios ya cristiano y, batallando con él, lo derribaría del caballo y se me rendiría. Como venía haciéndonos sufrir muchas muertes, preso del dolor y la ira, al punto lo haría yo colgar de un árbol. Lo sentiría el gobernador, que queríalo vivo, y diz que por eso no me dio la compañía, se la daría a otro capitán, prometiéndome una apenas hubiera oportunidad y me daría licencia para volver a la Concepción. Como una roca, así de ciego y sordo y mudo, seguiría cayendo, querida, convencido de avanzar, sin siquiera tener un horizonte. ¿Cómo se podría avanzar sin dirección? ¿Qué sería avanzar si no un ir desde acá hasta allá?

¡Pero, ah, tía, la Fortuna! Cómo torna las dichas en azares. Estaríame un día quieto en la Concepción y encontraríame con otro alférez en una casa de juego allí junto. Pondríamonos a jugar, irían corriendo el juego y los tragos, y en una diferencia que se ofrecería, presentes muchos alrededor, diríame que mentía como un cornudo. Al punto le entraría mi espada por el pecho. Cargarían muchos contra mí, tantos que no podría moverme. El au-

ditor general haríame preguntas, yo contestaría que sólo declararía ante el gobernador, golpearíanme, en eso entraría mi hermano y diríame en vascuence que procurase salvar la vida. El auditor me cogería por el cuello, yo, daga en mano, le diría que me soltase, zamarrearíame y le tiraría un golpe, atravesándole los carrillos, tendríame aún y le tiraría otro y me soltaría. Sacaría yo la espada, cargarían una vez más muchos sobre mí, me retiraría hacia la puerta, sorteando algún embarazo que había, y saldría, entrándome en San Francisco, que estaba cerca, y donde sabría que quedaban muertos el alférez y el auditor. Acudiría el gobernador y cercaría la iglesia por seis meses. Echaría bando prometiendo premio a quien me capturara y que en ningún puerto se me diese embarcación, hasta que con el tiempo, que lo cura todo, se templaría este rigor y se quitarían las guardias. Iría cesando el sobresalto y yo quedaría más desahogado y con visitas. Propondríame enmendarme, una vez más, desearía comenzar otra vez, estarme lejos de los naipes y los jugadores, hablar con el cura, leer, caminar por los bosques, pescar. Todo hube de hacer, querida, para no volver.

Empero siendo este tiempo, vino un día mi amigo alférez y diríame que había tenido unas palabras con uno, y lo había desafiado para aquella noche, a las once, llevando cada uno a un testigo. Yo quedaría un poco en suspenso, recelando, y él diríame: si no os parece, no sea; yo me iré solo, que a otro no he de fiar a mi lado. Yo pensaría: empero, ¿en qué reparo? Y, mal hado el mío, acepté.

Luego de la oración, saldría del convento e iría a la casa de mi amigo. Comeríamos y charlaríamos, de qué, te preguntarás, de qué charlar dos hombres mientras comen minutos antes de matar o morir y yo, tía, no puedo responderte:

no recuérdolo. Minucias, creo. Como sea, oídas las diez, saldríamos al puesto señalado.

—¿No se muere nunca, che, el alma espíritu, vos?
—No, Mitãkuña.
—¿Mba'érepa?
—Porque no, Michī. Muere el cuerpo, no el alma.
—¿Con Dios se va, con los ángeles selvajes?
—¿Mba'érepa?
—Pues si muere confesado, sí. Los ángeles no son salvajes.
—¿Mba'érepa?
—Porque no, Michī. Porque salvaje es malo y tonto.
—¡Nahániri!
—¿Por qué es tonto?
—Porque no conoce a Dios Nuestro Señor, ni los caballos, ni lo que vale el oro, ni las armas de fuego, ni al rey, Mitãkuña.
—¿Por qué es malo?
—Pues por las mismas razones.
—¡Nahániri!
—¡Nahániri!
—Calláos.
—Dejadme escribir un poco más.

Era noche tan oscura que no nos veíamos las manos. A qué contarte, tía, cada lance. Caerían mi amigo y su enemigo y seguiríamos los dos que quedábamos en pie, hasta que mi espada entraríale, supe después, bajo la tetilla izquierda. Desde el suelo.

—Ah, traidor, parece que me has muerto.

Gritaría el caído y pediría confesión. Queriendo no reconocer la voz que reconocía, preguntaríale yo el nombre. Miguel de Erauso, me diría. Con un rayo atravesándome, sin entender aún lo que ya entendía, correría yo. ¿Cómo es que el dolor te tumba rato después y no en el momento de hacerte la herida, tía querida? Lograría llegar a la iglesia de San Francisco, estaba a una corta carrera, mandaría dos religiosos y caería cada vez más rápido y más rompiéndome, si es que pudiera existir mayor caída y mayor destrozo. Ya estaba caído. ¿Cómo es que seguí rodando? Siendo golpeado. Y mereciendo cada golpe.

30

—Vivo. Que me lo traigan vivo al traidor.

—¿Lo vas a matar todo despacito con tus propias manos, capitán?

—Has de callarte, idiota, y cumplir tus órdenes en silencio.

El nuevo secretario no se ofende ni teme: sabe a dónde va. Y lo alta que es su escalera. Trepa. Piensa sólo en esa altura que lo va a salvar de las escupidas. Aunque deba ascender bañado de gargajos. Resbalándose en los mocos de cualquiera de estas bestias. Como los de este pelotudo. Don Segundón de Peinaditos seguro que le decían en su pueblo. Manda a una cuadrilla más, diez hombres con diez caballos. Los diez que parecen más despiertos. Debe estar bastante cerca su fugaz antecesor en el cargo. Qué loco de mierda. ¿Para qué robarse indios en esta tierra roja llena de ellos? El escudo, la espada, la bolsa, dos indiecitas, dos caballos. Un pelotudo perdido. Un tarado. Debe andar por acá. Quién sabe, tal vez fundando un nuevo reino. El escudo, la espada, los indios. Le falta un cura y más españoles. Quizá lo estén esperando otros. Allá, ocultos en la selva. ¿Y cómo va a fundar un reino nuevo con el mismo escudo, la misma espada, los mismos indios, los españoles mismos? Ya habrá ocasión de interrogarlo. Ahora al monte, a buscar más hierbas para don Segundón, que va a volver a despertarse. Y él aún en los primeros escalones. ¿Por qué lo querrá vivo?

Antonio no está, es cierto, muy lejos. Menos lejos está la cuadrilla: está cayendo la noche, los muerden los insectos, las antorchas se reflejan en miles de pares de ojos que brillan como si la luz la tuvieran adentro. Como luces malas.

—¿Por qué cantan? ¿Qué están cantando?

—Guerra cantan, qué van a cantar, zurumbático. Están lejos los cantos, preocúpate más bien por lo que pisas. Ha de haber sierpes.

—Que ya te lo he dicho, que se alejan de los caballos.

—Y yo te he dicho que he abierto una que adentro tenía un caballo entero apenas digerido, que parecía un nonato.

—Ésa no fue una sierpe de aquí.

—Que sí, hombre, que fue cuando llegamos, joder, te lo he contado mil veces ya.

—Se nos van a mancar. No se puede galopar en la selva.

—Atémoslos. Y sigamos a pie.

—Para eso los cortamos en pedazos y se los tiramos a las fieras, gilipollas. Sería como dejar corderos atados en territorio de lobos.

—Qué basura de tío el secretario cantor.

—Pues sí que

No termina. Se cae seco el soldado al suelo tapizado de helechos. Una pequeña flor roja brota en su garganta. Ha sido un dardo. Todos se arrojan a su lado, debajo de los caballos. Otros tres soldados florecen, también, de flores rojas. Una legión de gusanos azules se les mete en las flores.

—Padre nuestro que estás...

—No es hora de rezar. El arcabuz, pásamelo.

—Búscalo tú, no voy a ser yo el comido por gusanos.

—Pásamelo, imbécil, o te hago colgar a la vuelta por traidor, que soy tu alférez.

—Y mi hermano menor.

—Pásamelo.

Con la daga de su hermano en la garganta, el mayor emerge apenas. Su mano blanca tanteando la montura brota en flor, también, de muerte. El arcabuz cae al piso y se dispara. La bala le da en la cara al hermano menor. Los muertos se sacuden, crujen sus huesos, se desinflan. Quedan cinco. Apenas si se atreven a respirar. El jote se precipita con esa forma espiralada que tienen los jotes de precipitarse antes de desgarrar su cena. No llega a hacerlo. Percibe las respiraciones agitadas de los cinco. Vuelve al cielo. Planea tranquilo. Nunca le falta comida. Nunca le falta nada. El mundo se despliega a sus pies enloquecido de hermoso. Y los hombres claros lo llenan de comida. Observa satisfecho cómo los caballos del pelotón se van lentamente. Los lleva un indio. Los cinco soldados quedan a pie. Pero aprecian el detalle: respirando, no como los florecidos que ya están mutando a restos de puchero tirados en el suelo. Se dan la vuelta. Comienzan a marchar hacia el cuartel en el silencio más enorme que han hecho nunca. Es en vano. No saben de dónde vienen los dardos. Florece primero uno, luego el otro, luego los otros tres. Miran al cielo de los jotes sus ojos abiertos.

31

Propone, Antonio, nuevas canciones. Canciones de agradecer, dice. Mitãkuña y Michĩ las quieren escuchar.

Indios buenos que nos dan de comer
mburucuyá con mandioca y miel
Indios lindos que nos cuidan del mal
vámonos al mar, vámonos todos al mar

A las niñas no les gusta la canción. Proponen conjuros contra el enemigo.

—¿Y quién es el enemigo?

—Los que son como vos, che, vos.

—¿Y yo?

—¿Vos, che?

—Yo no.

—¿Mba'érepa?

—Porque no, Michĩ. ¿Cómo son esos conjuros?

Las niñas comienzan a dibujarse figuras geométricas sobre las pieles. Guardas de tinta rosa del yvyrá pytá. Antonio aporta lo suyo, una cruz, también es geométrica, nota, y un pez.

—Éstos son los conjuros que aprendí de niño.

Parecen necesarios los conjuros. Aunque ya no lo asombran las luciérnagas doradas que revolotean en torno a las niñas cada vez que abre los ojos después de tenerlos cerrados un rato. Ni que Michī haga lo que está haciendo. Pararse. Caminar dos pasos. Y en el momento del tercer paso, de seguir el mismo ritmo, aparecer en la copa de una palmera. O sobre la piedra más saliente de la orilla del arroyo. Ahora, por ejemplo, acaba de gritarle. Está revolcándose sobre una mata de helechos luminosos. Eso tampoco lo asombra. La luz verde que echan los helechos de esta selva.

Hubieron de ser grandes golpes, tía. Mas tan oscura la oscura noche de mi alma que no sentiríalos, nada sentiría, ni siquiera el deseo de salvar la vida. Mas la salvaría cada vez. Hasta llegar aquí, a esta selva hecha de luz verde, de aire de árbol, de agua centelleante. Huiría de la Concepción ocho meses después escuchando el "Ah, traidor" de mi hermano muerto por mí mismo y viendo sólo esa noche en que no me vi ni las manos. Empero seguiría andando. Hacia Valdivia y de allí arriba, a la cordillera, resuelto a todo antes que a dejarme prender. Habría de caminar con otros dos que compartían mi resolución, no sé, tía, por qué crímenes, mas, estarás de acuerdo, difícilmente podrían ser peores que el mío. Subiríamos y subiríamos y ya no habría animales ni pastos, apenas algunas raizuelas para mantenernos. Más hubiérame valido huir a través de una selva, empero se huye por donde se abre el camino y lo único que abríaseme eran esas montañas enormes. Mataríamos a uno de nuestros caballos, mas el pobre era sólo piel y huesos, poco nos serviría de tasajo, empero era lo único que teníamos para comer. Hicimos lo mismo con los otros. La sorpresa dolorosa de sus ojos mansos y resignados, querida, ante el cuchillo. Nos toparíamos al quinto día con dos hombres y nos alegraríamos. Hasta que llegamos a su vera y los supimos muertos, helados, con una mueca en la boca como una sonrisa. Nos espantamos. Empero no por eso moriría el primero de nosotros: fue por el frío, fue por el hambre. Y al día siguiente moriría el otro y seguiría yo caminando. ¿Con qué fuerzas, tía, con qué determinación? ¿Cómo resistíme a la muerte helada? Dulce como volver a la cama de la infancia, como ser arropada por tu tía, por tu madre, por tu hermana, vilo en las sonrisas de mis compañeros.

—¿Qué es confesado, che?

—Cuando cometes un pecado, se lo cuentas al cura y él te perdona. Y eso es todo.

—¿Mba'érepa?

—Porque el cura es el representante de Dios y puede perdonar los pecados. ¿No estabas en los helechos tú?

—Volvió, che. ¿Pescado qué es, vos?

—Cuando matas o mientes o robas.

—¿Mba'érepa?

—Porque sí.

—Es mal mentir, robar y matar, Michĩ, che.

—¿Mba'érepa?

—No sé.

Seguí, cargado del arcabuz, del pedazo de tasajo que me quedaba, de ocho pesos que encontré en los bolsillos de mi último compañero muerto y de la certeza de estar yendo a correr la misma suerte. Me arrimaría a un árbol, un árbol, tía, sin notar que estaba bajando, ya casi abajo, y lloraría. Lloré como no lloraba desde que fui expulsado de la casa de mi padre: como un niño lloré, como una niña. Como un hombre. Como nunca después. Recé el rosario, invoqué a la santísima Virgen y al glorioso san José, su esposo. Descansaría entre llanto y rezo y rezo y llanto. A poco seguiría caminando y está visto que dejé el reino de Chile y entré a Tucumán. Vería a dos hombres vivos, me verían, sabría que eran cristianos y dejaríame caer. Sobre unos pastos. Pastos. Sobre suelo vivo desmayéme, sobre la fuelle caricia de las hierbas, sobre su olor verde. Llevaríanme los hombres donde su ama, mestiza de india y español, bien acomodada y de buen corazón, de tal suerte que cuidaríame hasta que estuviera repuesto. Quísome para su hija, había pocos españoles por allí, y no querría yo: siempre he preferido a las mujeres hermosas y tardé mucho en entender la belleza nueva de América. No veía yo, tía. Y nunca fue mi deseo el matrimonio. ¿Cómo habría de andar de casarme? ¿Y cómo evitaría la hoguera? Huiría de Tucumán. Bien vestido y con mis propios caballos, todos regalos de mi benefactora. Corrí. Y eso mismo hago ahora, mientras escríbote: sigo, tía, galopo, galopo, no he parar hasta contártelo todo. Al Potosí ahora, que queda muy lejos de Tucumán: tres meses de viaje y dos muertos me costó llegar. Allí trabajé de mayordomo, mas mi amo vióse envuelto en reyertas que acabaron en embargos y prisiones. Ya bastante tenía yo con las mías, así que me fui de su lado. Vime otra vez en la milicia, en las batallas con indios y cristianos. Conquistamos un pueblo, tía querida, lleno del oro que buscaba Colón, nuestro almirante. El río subía y luego bajaba y dejaba tres dedos dello. Llenamos los sombreros, los bolsillos. Para qué, querida, si hube de jugármelo y perderlo allí mismo. Habían huido los indios, habíamosles hecho gran estrago. Un demonio de muchacho, como de doce, habíase quedado escondido en el follaje de un árbol. Cuando alzó la vista nuestro capitán, atravesóle el ojo con una flecha. Lo hicimos mil añicos, tía, y era poco más que un niño. Nadie me culpó por ello. Más luego me volví a pueblo de cristianos y fui acusado de un crimen que no cometí: cortarle la cara a una dama. Nunca corté a una mujer, nunca la cortaría, creo. Soporté el potro —las preguntas, tía, y las vueltas, las vueltas—, fui condenado a diez años, mas todo terminó aclarándose y pude largarme. Es agotador, mi querida, escribirlo todo. Creo que puédolo hacer por estas niñas, por esta perrita que se refugia en mí, por los monitos que me traen frutas, por las canciones, tía. Empero, sabes, suenan a guerra las canciones de los indios. Vibra la selva entera. No sé qué se está viniendo. Las niñas han comenzado a musitar conjuros.

32

Está bastante repuesto ya Ignacio. Se sintió fuerte en el patíbulo y liviano en el río. Comió y bebió. Estuvo de chanzas con sus hombres. Después se cansó y volvió a sus aposentos. Ordena al Gato que duerma a su lado. En el suelo, por ahora. Así dijo, el Gato revisa la conversación y no le quedan dudas: por ahora. No está seguro de querer el ascenso que supone la frase del capitán. Y mucho menos de esperarlo durmiendo en el suelo como un perro. Lo quiere cerca, ha afirmado, al lado, por sus tisanas y sus lecturas. Puto del orto, piensa el Gato, miedo de los indios tiene: desde que casi lo matan y están cantando cada vez más cerca y con voces de guerra, tiembla. Ganas de que lo ensarte tiene, también, el capitán general. O de ensartarlo. Aceptará, claro, si es menester. Pero va a cobrar caro, ya está cobrando. Es los ojos, las manos, la voz del capitán. Lo único que quiere el muy trolo es volverse a su pueblo. Le llegó la orden de traslado. Le dio nuevos ímpetus.

—Gato, Gatito, un poco más de oro: mil arcones llenos y a casa.

Las compañías que partieron en busca de oro, con los dos indios casi descuartizados después de sus confesiones en el potro, no logran avanzar ni aun dispersas. Les llueven dardos como si, en vez de hojas, los árboles tuvieran indios. Eso es, zurumbáticos. Están disfrazados de hojas. Los soldados disparan hacia arriba. Comienzan a lloverles indios además de dardos. Y flechas. Y rocas. Los tiradores son aplastados y vuelven a arreciar los proyectiles. Los animales han huido. Los pájaros graznando como una nube de tormenta. Los otros animales corren o van de rama en rama. Los roedores cavan. Los reptiles se arrastran o nadan. Sólo quedan plantas y hombres. Aullidos. Crujidos de huesos. Chorros de sangre empapando frutos antes de empapar hongos. Ya no hay helechos. Ya no hay tierra roja en la selva. No hay más que un tapiz hecho de cuerpos rotos que siguen rompiéndose aún muertos porque no cesan de recibir el impacto de nuevos caídos. Suenan discretos. Como a odres medio vacíos cayendo sobre odres medio vacíos. Un plof o plaf grave. De fondo. Como los estridores de las chicharras que no, no se han ido pero apenas se oyen. En cambio, los crujidos y los gritos ensordecen. Los miembros sueltos. Los cuerpos que nadie podría volver a reunir en una sola pieza. Las almas yéndose. Los gusanos azulados masticando. Los jotes ennegreciendo el cielo en un remolino de tragedia. Los hongos fabricándose dientes para trabajar más rápido. Los animales oliendo el peligro y la comida desde lejos. Poco a poco la batalla va acallándose. Quedan tres españoles vivos. Los ojos abiertos. La boca cerrada. Los indios se retiran. Le dejan el trabajo de la selva a la selva. Comerse todo y hacerlo ella misma.

33

Tal vez no sean cantos de guerra. Aunque parecen. Tal vez sólo se turnan. Tal vez ellos le canten al dios sol. Y ellas y los niños a la diosa luna. Pero lo que le contó Mitãkuña no tiene dioses astros. Tal vez canten todo lo que saben cantar. Tal vez sea una fiesta india como Pascuas o el Nacimiento. Como sea, la casa del árbol está lista y se pasa la mitad del día desanimando a las niñas:

—No, no es buena idea decorarla con flores y plumas por el lado de afuera, sí por el de adentro, adentro pueden decorarla como más les plazca.

Subе y encuentra el resultado. La casa es el palacio de la reina de las mariposas o de los colibríes. O de las dos. Todo es colorido. Nada está quieto. La brisa agita las plumas y los pétalos que destellan y se apagan y vuelven a destellar. Es buen lugar para esperar ayuda, decide Antonio, si llegan los suyos. Bueno, los que eran suyos. Aunque no lo hayan sido nunca. Siempre fue extranjero entre los propios. Toda una vida escondiéndose atrás de unos vestidos o un nombre o una historia nuevos. Huyéndole al fuego. Casi siempre. Cuando volvió al viejo mundo ya no escondió su verdadero nombre ni su verdadera historia. Tampoco sabía ya cuál era su verdadera historia. Relatar una y otra vez la que había escrito para que el rey reconociera su derecho a pensión y parecerse a un digno de pensión lo desorientó. Se volvió a América. A ser cualquiera otra vez. A seguir huyendo ya sin necesidad. Ahora, en este permanecer, en esta selva, en estas niñas, en estos animales, en este estar sin nombre ni historia se halla cómodo. Podría quedarse aquí.

Partiría otra vez, tía. Con rumbo a las Charcas, a los tumbos, siempre cayendo, hecho una piedra: ni siquiera escuchaba ya el "Ah, traidor" de mi hermano, ni siquiera veía la noche oscura en el lugar en el que debía haber tenido las manos. El juego y los tragos seguirían corriendo, un envido, qué envida, envido, qué envida: las dagas, los amigos separando, el hombre que me espera con la espada desenvainada en una esquina sombría, desenvainar la mía, lastimarnos, matarlo, huir nuevamente. A Piscobamba. Me acogería un amigo, habría más juego, más tragos y más insultos, intercederían los presentes, el insultado retiraríase aparentemente sosegado. Empero tres noches después, como a las once, volviendo ya para mi casa, divisaría en la esquina a un hombre parado; tercié la capa, saqué mi espada y proseguí mi camino. Echaríaseme encima diciéndome pícaro cornudo, me tiraría, le tiraría, lo atravesaría mi espada. Cayó muerto. Quedéme allí a su lado en el charco de sangre que crecía como una marea, pensando qué hacer, era ya un peñasco alzándose en un mar rojo cuando lo supe: no había nadie. Volví a mi casa, arrojé al fuego los zapatos y las calzas y, viéndolos ceniza, me fui a dormir. A la mañana siguiente, muy temprano, el corregidor llegaría, prendería-

me y llevaríame a la cárcel. En cosa de una hora volvería con un escribano y tomaríame declaración. Yo negué todo. Llegarían testigos que nunca había visto. Enviarían a un confesor, luego a otro y luego a uno más. Frailes y frailes como si llovieran frailes sólo para hundirme, mas no confesaría yo. Qué más que silencio podía ofrecer, qué más que la mudez como respuesta, qué más, mi querida: ya ni rezar podía, ni confesarme, ni encomendarme a Dios y la Virgen. Demasiados favores habíanme hecho. Saldría sentencia de muerte, mandaríase a ejecutar. Vestiríanme con un hábito de tafetán, dirían los frailes que si quería irme al infierno, si no quería confesar, era cosa mía y me subirían a un caballo. Sacaríanme de la cárcel, me llevarían por calles no acostumbradas por recelo de los curas. Llegué al patíbulo, me quitaron los frailes el juicio a gritos, empujáronme los cuatro escalones, hube de subir más arriba, echáronme la cuerda, que es el cordel delgado con que se ahorca, que el verdugo no me lo ponía bien. Pude, por fin, hablar. Le dije, "borracho, o me lo pones bien o me lo quitas". Estando en eso, al fin me lo estaba poniendo bien el cordel el borracho, entró al galope un enviado de la audiencia de la ciudad del Plata como si descendiera del cielo el arcángel Gabriel. Creo haber escuchado trompetas, tía. La milagrosa misericordia de Dios asistióme. Resultó ser que habían prendido a los testigos que me habían perdido y los habían condenado a ellos también a la horca por no sé qué crímenes y, en confesándose, declararon que habían sido pagados para acusarme. Prometíme enmendarme, hacerme merecedor del favor divino. Sacaríanme la soga del cuello, tía.

—¿Si hago pescado el cura perdona, che, vos?
—¿Mba'érepa?

—Porque Dios es bueno.
—¿Si el cura no está?
—¿Mba'érepa?
—Porque se fue, Michĩ, che.
—¿Mba'érepa?
—¿A la selva se fue?
—Al infierno.

Y no sería la última vez que vestiría tan tenebroso traje.

He de acabar ya. Todo, necesito terminar: fuime, por supuesto, de allí. Entraría yo a Cochabamba cuando me encontraría con una mujer pidiendo auxilio. Explicaríame su esclavo que su marido habíala encontrado con otro hombre, que lo había muerto y que a ella la había dejado encerrada para matarla luego, que le había dado por tomarse antes unos tragos con los amigos, era hombre que gustaba de comentar con ellos sus asuntos. Pidiéronme dos frailes que allí pasaban que la socorriera, diríales yo que sí, la subirían a las ancas de mi mula y partiríamos. Cruzaríamos milagrosamente un río portentoso y, no sé cómo, habíamos salido largo rato antes, allí nos estaría esperando el marido con su escopeta. Los tiros nos pasarían tan cerca que nos cortarían los pelos, tía querida. Lograríamos llegar a la iglesia y el marido también. Allí clavaríame la punta de su espada entre los dos pechos. Y yo la daga en su costado. Entraría tanta gente que nos separarían. Cinco meses hubieron de estarme curando los frailes. Estarás preguntándote cómo es que ninguna de las buenas gentes que me socorrieron la vida entera notaron que mi cuerpo es un cuerpo de mujer. No lo sé, querida. ¿Será otro favor de Dios y la Virgen? O tal vez nadie ve lo que no es aunque de algún modo sea.

Terminarían arreglando el pleito: ella, al convento, y él, al monasterio.

Conseguiríame la señora, en virtud de los servicios prestados, la labor de alguacil en Piscobamba. Prendería allí a un alférez: había éste matado alevosamente, y enterrado en su jardín, a dos indios para robarles. Iría sentenciando la causa en todos sus términos y lo condenaría a muerte. Apelaría, le concedería la apelación, y le depararían la horca. Se ejecutó la sentencia. Terminado el asunto, iría a parar a la ciudad de La Paz. Allí pondríame a charlar con el criado de un amigo, que me desmentiría y daríame con el sombrero en la cara. Inmediatamente lo dejaría muerto. Otra vez. No sé cuántos muertos tengo.

—¿Al fuego, che?
—Sí, para siempre.
—¿Los pescados, vos?
—¿Mba'érepa?
—No sé, Michĩ.

Me capturarían, me condenarían a muerte, me confesaría, me otorgarían el perdón y con él, la comunión. Sacaríame la hostia y pediría asilo a la iglesia, que me lo daría. Un mes tendría el gobernador cercada la iglesia. Al fin, relajaría la guardia. Y conocería el Cuzco, me echarían culpa de una muerte que no era mía, mostraría mi inocencia y volvería a Lima, la del oro tanto y extraño. Allí me sumaría a la batalla contra el holandés, que había enviado a su armada para robar el oro de la ciudad. Sobreviviría a un naufragio, tía, festejaría el triunfo de los nuestros. Y me volvería al Cuzco. Hospedaríame en la casa de un amigo, correrían el juego y las copas y metería mano en mi dinero el nuevo Cid, un hombre moreno y velludo que espantaba con su presencia. Sacaríame ocho monedas e iríase y yo le dejaría irse. Mas volvería y volvería a meter mano en mi dinero. Aprontaría yo mi daga y clavaríale la mano en la mesa. Sus amigos echaríanse sobre mí e iríanme apretando. Acertarían a pasar dos vizcaínos que viéndome en tal apuro pondríanse a pelear conmigo, éramos tres contra cinco, llevábamos la peor parte cuando el Cid atravesóme la espalda hasta el pecho con su daga. Caí haciendo un mar de sangre y todos se fueron. Empero lograría levantarme lleno de deseo de muerte y veríalo al Cid en la puerta de la iglesia. Nos arrojaríamos el uno sobre el otro y clavaríale yo mi daga de tal suerte que le atravesaría la boca del estómago y caería pidiendo confesión. Caería yo también. Confesé, temiendo la muerte, mi vida entera a un fraile que cuidaría de mí hasta verme salvo. Por las noches, tía, sueño, aquí, ahora. Una tigra abraza a las niñas, las baña de su aura dorada, una tigra santa ha de ser. Cuando me despierto, no hay tigra. Empero unas luciérnagas revolotean en torno a las criaturas.

34

Salieron doscientos hombres y volvieron tres. Sin oro ni indios. Ni siquiera un miembro de los dos casi descuartizados en el potro. Ignacio y el Gato deliberan. Si los indios presentan tanta batalla, es que hay algo para defender. Algo que no quieren que les sea quitado. No se les ocurre otra cosa que oro. Son militares. Ni siquiera en el honor piensan. Saben que es débil. Que claudica cuando lo que está en juego es tanta sangre. Oro, entonces. Pergeñan un plan nuevo. Si el oro está bajo las raíces, hay que sacar los árboles. Y a los indios. Ni hablar. Van a quemar todo. Van a usar sogas largas untadas en alquitrán. Van a rociar la selva con chicha. Van a pintarla de brea. Van a agujerear los árboles. Van a comenzar por el humo. Van a disparar cañonazos ardientes. Van a prender fuego incluso las raíces. Especialmente las raíces. Ah, el fuego, el fuego. Capitán y alférez hablan mirándose a los ojos. Brindan felices. Clan por la vuelta al pueblo. Clin por la hispanidad. Chin chin por la amistad. El capitán sentado en su cama. El Gato en un banquillo a su lado. Ambos en el triángulo de luz que se origina en un punto que no ven bien porque se están mirando entre ellos. Ojos de gato, le dice Ignacio. Ojos de general, contéstale el Gato. Ven, amigo, a mi lado, lo invita el capitán. Lo ayuda a pararse. Las manos en las manos. Quedan ambos el uno al lado del otro, los culos sobre el colchón, los pies en el piso. Los valientes militares no saben por dónde empezar. ¿Debería iniciar el movimiento el capitán, que es quien está al mando naturalmente? El Gato duda, no quisiera afrontar una corte marcial. Y menos la hoguera que le seguiría. Ignacio le posa una mano en el muslo, mi buen amigo, le dice. Gato se arroja como un yaguareté: lo pone de espaldas, le muerde la nuca, le baja las calzas, los calzones.

—Despacio, Gato, despacio, primero te arrodillas.

Y se incorpora el militar y lo mira de arriba, la punta de su miembro colgando sobre la cabeza del otro.

—Lámelo.

El Gato saca la lengua, suave, el Gato abre la boca, envuelve el glande, le estruja levemente los cojones. Siente cómo se enfierece Ignacio, cómo se la saca de la boca, como lo empuja al suelo, cómo toma su polla y se la mete en la boca con deleite, cómo le indica que se pare, cómo se arrodilla él mismo, como su culo sobresale glotón, lo agarra de esa melenita ridícula que tiene, lo aleja de su polla, le aplasta la cabeza contra el suelo y, ahora sí, lo ensarta. Sube y baja y sube y baja dentro del dulce capitán hasta que se pierde y déjalo al otro también perdido.

—Fuego, Gato, fuego.
—Fuego, capitán, tanto fuego.
—Prenderemos todo.

35

Nada de esto sabe Antonio, que en este momento le está escribiendo a la tía. En este otro momento para. Lo llaman las niñas. Roja le solicita atención con su pata. Kuaru y Tekaka se le suben al cuerpo y saltan y suben a las lianas y se le arrojan a la cabeza. Quieren jugar. Las niñas le pintan, todavía más, la cara. De la mano, caminan hacia las palmeras y lo llaman. Bailan. Le toca el centro, entiende, danzar él mismo. Lo hace. Entiende también que tiene que lucir sus pinturas. Se queda en calzones. Las niñas saltan en su ronda y ponen las voces graves. Bueno, lo intentan. Están pintadas de rojo y negro. Rayas rojas en las mejillas. Entre los dos ojos. En los antebrazos. En las piernas. Guardas negras y geométricas en la frente. En los hombros. Se ven muy coloridos entre las ramas verdes, los troncos y las lianas y las raíces con diversos tonos de marrón, las flores exultantes, los ojos de los animales que destellan fugazmente acá y allá.

—Yvy marãe'ỹ, che, vos.

—¿Qué es eso?

—La Tierra sin Mal, che, vos.

—Cuéntame.

—Bailá, ahora, che.

Antonio es el punto radial de la danza, como si fuera el sol pero no un sol que echara rayos como este sol tremendo de las partes de la selva que han limpiado de árboles. Uno que recibiera rayos, cantos recibe. Le cantan a él, cree, qué le estarán cantando, algo amoroso, piensa, porque así lo miran y porque las voces tan dulces. Le cantan un amor de agradecimiento. Han de irse luego. Mas esto tampoco lo sabe Antonio. Bailan y cantan y bailan hasta que Antonio ya no puede más y se sienta en el centro de la ronda. La Rojita se sienta arriba de él. Le lame la cara. Las niñas lo abrazan. Los monitos abrazan a las niñas. Siempre hacen una flor. Una flor que canta. Hasta que sienten el olor de la comida. Cada niña corre hasta su cuenco. Mitãkuña le trae a Antonio el suyo. Finalmente se cansan, se tienden en la capa. Antonio va a lo suyo.

La muerte, tía, acechábame: estaba yo preso en un laberinto que parecía no tener salida. En cada puerta el juego y las copas corriendo, el grito, la daga, la espada, la soga al cuello. Galopaba leguas y leguas y en todas direcciones encontraba lo mismo, todo el inmenso Nuevo Mundo un juego de espejos donde no hallaba más que a mí y a la Parca buscándome y la Parca armábame siempre la misma trampa. Como en una comedia. No veía montañas ni selvas ni indios ni tigres ni estepas ni estrellas: sólo las cartas y los tragos, el insulto y el duelo, la sangre y la huida. Muerto sin morir vivía, tía querida, perdido en un infierno de espejos, como si hubiera ya pasado a la otra vida y fuera el mundo entero mi condena, mi círculo. Hasta que llegué a Guamanga. Fuime allí a una posada y me quedé unos días. Querría la desgracia, tía, o la gracia, que empujara la puerta de una casa de juego, la suerte o la Parca poníanme esas puertas a cada paso, estando un día el corregidor que mirándome y desconociéndome me preguntó de dónde era. Vizcaíno, le dije. ¿De dónde viene ahora? Del Cuzco. Suspendióse un poco mirándome y dijo: Sea preso.

—A la Tierra sin Mal se van, che, los buenos.

—¿Mba'érepa?

—¿Y qué hacen allí?

—Comen naranjas, che, bailan. Y no se mueren, vos.

—Pues me alegro mucho.

Saqué la espada, retirándome a la puerta, donde hallé tal resistencia que no pude salir. Saqué una pistola de tres bocas y salí y desaparecíme, entrando en la casa de un amigo. Estúveme allí unos días hasta que ya no sonó ruido del caso y parecióme, otra vez, forzoso mudar tierra. Tenía en esa lo mismo que en cualquier otra: nada, tía querida. Salíme una noche y enseguida topéme con dos alguaciles que preguntaron quién anda y respondíles el diablo. No debí decir eso. Dieron voces gritando "¡favor a la justicia!". Apareció el corregidor, que estaba en casa del obispo, y otros ministros y muchos frailes. Halléme afligido, disparé mi pistola y derribé a uno. Creció más el barullo y me encontré peleando junto a varios vizcaínos amigos. Gritaba el corregidor que me mataran. Hasta que salió el obispo con cuatro hachas y su secretario, que díjome: Señor alférez, deme las armas. Dije: Señor, aquí hay muchos contrarios. Dijo: démelas, que seguro está conmigo y le doy la palabra de sacarle, aunque me cueste cuanto soy. Dije: Señor ilustrísimo, en estando en la iglesia besaré los pies a Vuestra Señora Ilustrísima. Asióme Su Ilustrísima del brazo, entregué las armas y, poniéndome a su lado, entróme a su casa. Hízome curar una pequeña herida que llevaba, mandó dar de cenar y recoger, cerrándome con llave que se llevó. Dormí tranquilo. A la mañana siguiente, como a las diez, Su Ilustrísima me hizo llevar a su presencia, y me preguntó quién era y de dónde, hijo de quién y todo el curso de mi vida y causas y caminos por donde vine a parar allí. Comencé a contarle, tía, mezclando verdad con mentira, pero más bien verdad, con algunas omisiones. Contéle de las cartas, los insultos, los duelos, las prisiones, las fugas, las ciudades nuevas y otra vez las cartas. La América entera un pequeño círculo para mí. Dábame él consejos buenos, amorosos. Y viéndolo tan santo varón, pareciéndome ya estar en la presencia del Señor, me descubrí y díjele: Señor, todo esto que he referido a Vuestra Señoría Ilustrísima no es así. La verdad es ésta: que soy mujer, hija de Fulano y Zutana; que me entraron de tal edad en tal convento, con Fulana mi tía; que allí me crie; que tomé el hábito y tuve noviciado; que estando para profesar, por tal ocasión me salí; que me fui a tal parte, me desnudé, me vestí, me corté el cabello, partí allí y acullá; me embarqué, aporté, trajiné, maté, herí, maleé, correteé, hasta venir a parar en lo presente y a los pies de Su Señoría Ilustrísima.

El santo señor, mientras le relaté mi vida entera o cuanto pude recordar de ella, estúvose en silencio, sin decir una palabra, sin ni siquiera pestañear. Cuando terminé, siguió en silencio, llorando a lágrima viva. Después me envió a descansar y comer, cosa que hice de buen grado. A la tarde, mandóme llamar y me habló con gran bondad de espíritu, exhortándome a hacer una buena confesión, pues en su mayor parte ya la tenía hecha y me sería fácil, y que después Dios ayudaríanos a saber lo que teníamos que hacer. Así lo hice. El santo varón díjome: No se espante que su rareza inquiete la credulidad. Señor, dije, es así, y si quiere salir de dudas Vuestra Señoría Ilustrísima por experiencia de matronas, yo me allano. Dijo: conténtame oírlo y vengo en ello. Dos matronas me miraron y se satisficieron y declararon bajo juramento frente al obispo haberme hallado no sólo mujer sino virgen intacta como el día en que nací. No sé cómo pudo esto ser posible, mas fue así, quísolo Dios o la Virgen. O los dos, pues así fue. El obispo se puso de pie y me abrazó enternecido, diciéndome: Hija mía, ahora creo sin duda lo que me dijisteis; os venero como una de las personas más notables de este mundo y os prometo asistiros en cuanto pueda y cuidar de vuestra conveniencia y del servicio de Dios.

A la semana, entróme su ilustrísima en el convento de monjas de Santa Clara de Guamanga, que otro no había en la ciudad. Púseme el hábito, tía, treinta años después. Hube de caminar al lado del obispo pues se había reunido tanta peña, no hubo de quedar persona alguna sin venir a verme, de suerte que tardamos mucho en llegar al convento. Habíame la vida sacádome del laberinto del juego y los tragos y las dagas y la Parca cerrando tras de mí la puerta que más hubiera deseado no atravesar nunca más. Empero estaba tan cansado, tía, tan falto de fuerzas, que ni en escapar pensé, tanto temía que se me abriera otra vez la misma trampa de los últimos diez años que preferí encerrarme en la primera, el convento, que allí nunca habíame persegui-

do la Parca. Cómo me hallaron doncella, tía querida, qué misterio. Ha de haber sido otro milagro de la Virgen del naranjel. Ya no te miento, de doncella, nada tenía yo, como supieron luego varias de las hermanas que aquel primer día recibiéronme alborozadas, y los siguientes muchos más alborozadas aún. Abrazóme su Señoría, echóme su bendición, y entré. Lleváronme al coro en procesión e hice oración allí. Besé la mano de la señora abadesa, fui abrazando y fuéronme abrazando las monjas e intercambiamos pequeños susurros al oído con algunas. Corrió la noticia de este suceso por todas partes y los que antes me vieron y los que antes y después supieron de mis cosas en todas las Indias, se maravillaron. Durante los meses que estuve allí, mi querida, oré y amé. Nada hube de lamentar más que la muerte de mi obispo, que mucha falta me hizo. Lo que siguió, mi querida: otro convento, esta vez en Lima al amparo del arzobispo, comidas con el virrey, mucha peña a cada paso que daba, mi liberación cuando llegó razón suficiente de España para probar que no había sido profesada, la vuelta a España, el rey, los condes, los marqueses que me otorgaron su favor y hallaron interesante mi conversación, la renta de alférez, el derecho a usar mi uniforme, una reyerta en Italia por una cuestión de honor a la que sumáronse tantas que tuve oportunidad de huir, la bendición del papa, la vuelta a América. Y en eso me estaba, andando caminos como ha sido siempre mi inclinación, cuando prendiéronme en medio de la selva por no sé qué crimen que yo no cometí —un alguacil que les faltaba y que yo no había conocido ni de nombre— y me sentenciaron a muerte y así empezó esta historia que te estoy contando, la de estar aquí dentro de un árbol, debieras verlo, tía, es hueco abajo su enorme tronco y le corre un aire fresco aun en los más tórridos días, yvyrá pytá, la niña me enseñó el nombre de este árbol, como de casi todo acá. La niña sabe, tía, es una niña sabia. ¿Crees tú también que vivido he todo lo que te cuento para llegar aquí? A esta selva, a estas niñas, a esta carta.

—Tenés sueño, vos, che. Dormite.

Lo tapa con el escudo. Antonio cierra los ojos. Mitãkuña y Michĩ lo abrazan y cantan el canto más dulce que haya oído nunca nadie.

36

La luz. Llena todo y lo rebalsa. Ve hojas, tallos, sarmientos enroscándose, flores, frutos, pájaros, monos, comadrejas, ciervos bajitos. Todo temblando en el sol. Con venas de sol. Puntos. Auras. Incluso las sombras. Especialmente las sombras. Todo flota en sol, atravesado de sol. Nada hay en el mundo que no sea en el sol: lo que existe es un tejido de carne o de madera o de carne de insecto o de agua o de una mezcla en la luz. Como las dos cachorras de yaguareté que se le acercan hasta no dejarle ver más que sus propias caras. Doradas son. De fauces feroces. Pero sus bigotitos, su nariz rosa. Son tiernas. Y sus aureolas centelleantes. Qué hermosas cachorras. Alarga su mano, su mano es sol, para acariciarlas.

—Chau, Antonio, che.

—Jajohecha peve, vos.

Qué curioso. Son las niñas. Ya había escuchado que los indios de esta selva sabían hacer estas cosas. Transformarse en animales, en árboles, en montañas o en ríos. Los ojitos no. No les cambian. Siguen dulces, negros, brillantes y rasgados. Las vocecitas.

La garra regordeta de Michĩ le agarra un dedo. Se le cae una lágrima a Antonio. Y lo ciegan sus destellos.

—Esperadme, voy con vosotras.

—Nahániri, che.

—¿Mba'érepa?

—Nos vamos, Michĩ. Con mamá, sy.

—¿Sy?

—Sí, vos.

—Jajohecha peve, Antonio.

—Jajohecha peve, Antonio, che.

—Ore rohayhu, vos.

—Sí, che, te queremos mucho.

—Esperadme, voy.

Le besan la frente. Y le dan la espalda. Se han estirado. Qué pelaje espléndido echaron. Y caminan en cuatro patas. Con el andar majestuoso de los yaguaretés. El peso y la gracia de la fuerza, de la velocidad. Se vuelven para mirarlo una vez más. Sí que son las niñas. Quiere pararse, ir con ellas. No puede. Está ligado a la tierra. Como una planta, sólo puede ir hacia el sol. Intenta resistirse. Hasta que comprende. Y crece hacia arriba. No hay otra dirección. Llora y sus lágrimas refulgen al sol. Lo riegan. Lo queman. Qué va a ser de él sin las niñas. Quién va a ser él. ¿Un árbol? Podría seguirlas desde lo alto. Alargar una rama que las proteja. Arrojar lianas detrás de sus pasos para que nadie pueda alcanzarlas. Se le está calentando el pecho. Qué lindo. Son Tekaka y Kuaru. En el sol, también ellos. Tal vez ya es un árbol. ¿Tendrán pecho los árboles? ¿Sentirán el calor de los animales que los abrazan? Los siente. Como a la Roja, que se ovilla en el espacio entre su brazo derecho y su torso. Las niñas tigras no llegan a dar ni diez pasos que desaparecen. Se vuelven follaje. Se habrán transformado en helechos. O se las tragó la selva. La selva no tiene boca. O sí. No sabe Antonio. Ni qué está siendo él mismo sabe. Siente cómo la tierra lo atrae. Como si estuviera cayendo. Pesado. Pero no cae. Habla, la tierra. No entiende qué dice. Pero habla: está toda ella diciendo algo. Vibra. Antonio siente la tensión. Ha de tener venas la tierra y por ellas navega algo que habla. Tiene venas. Como él mismo. Las de él se están llenando de sol. Como las hojas. Juraría que se está volviendo tan translúcido como las hojas. Tan tejido en el sol como todo. Y de qué otro modo podría ser. Qué va a ser Antonio sino carne de la carne de la selva. O de la tierra. Ahí, frágil, como todo lo vivo entre la tierra y el sol, tan minerales ellos y tan vivos también. Pero de una vida distinta, piensa. De una vida que se mide en milenios. En tiempos de dioses. Lo de él es el tiempo de las mariposas, de los yvyrás pytás, de los surubíes, de las abejas, de los yaguaretés, de las garrapatas, de los osos hormigueros, de las palmeras, de las moscas. El tiempo de lo que puede morir tan fácilmente. El sol es del tiempo de lo que no muere fácil. Al sol solo lo mata el sol. Duda y se olvida, Antonio. Algo vibra dolorosamente. Algo duele. El aire se calienta. La luz se va: son los pájaros que tapan el cielo. Están huyendo. Graznan, chillan, gritan. En los árboles, los monos aúllan. En la tierra todos los que pueden irse corren, reptan, saltan. Es una estampida.

—Fuego, Gato, fuego.

—¡Marchen, putos! Pongan brea y hagan teas, negros de mierda.

—Fuego, Gato, fuego.

—¡Prendan todo, hijos de puta!

El capitán logró reunir diez mil hombres. Más o menos. No sabe cuántos. Se corrió la voz de que hay oro bajo los árboles. Los españoles y los criollos llegan como una marea incesante que sube y sube. Pero lo que llueven son dardos. Lo que se abre es la tierra, tragándoselos. Con fauces de fieras, de serpientes, de piedras filosas. Los árboles se erizan de espinas nuevas. Envenenadas. Rozan apenas a los buscadores de oro. Es un hombre arriba de un hombre arriba de un hombre arriba de un hombre. El suelo de la selva se está haciendo de puros hombres. Blancos y marrones y cimarrones también. Los árboles más viejos y enormes se arrancan de raíz y se arrojan sobre los pelotones. Estruendosamente. La tierra tiembla. Está tejida de raíces. Se alza. Se quiebra. Todo grita y gime. Sufre. Sangra. Muere. Todo, a las orillas del río. Los blancos, y todos los otros que están con ellos, intentan acordonar la orilla del río: ahí crecen los árboles de flores amarillas. En ese perfume se meten a matar. Algunos, pocos, entienden. Y se dan vuelta. No quieren. La selva los abraza. Los acoraza de hojas mojadas. A los otros, los que siguen adelante, no. Avanzan. Cayéndose. Matando. Muriéndose. Es el oro, se dicen. Y no les importa ni su propia vida. Todo sufre. Menos Antonio, que duerme. Y en el sueño le sigue escribiendo a la tía.

Has de saber, ¿sabrás, querida?, que debajo de la tierra los árboles tienen otra vida, una que no vemos, la de sus raíces entrelazadas, una red dellos que arriba son separados pero abajo juntos. Yérguense de a uno mas se sostienen de a todos. Veólos porque yo mismo estoy echando raíces, téjome a ellos que téjenme con ellos. Háblanme con una lengua sin palabras y entiéndoles, me dicen que estamos aquí, que somos en el sol y el agua, un eslabón entre el cielo y la tierra, el aliento de Dios creándose y creándonos todo el tiempo. Somos eso que hace la vida entre las estrellas y las rocas. Estrella y roca encarnadas, verdes y trémulas somos. El mundo no se hizo en una semana, hácese y deshácese a cada instante, tía.

—Michĩ, no llorés, che.

—¿Tekaka, Kuaru, Roja, Orquídea, Leche, Antonio?

—Con mamá andá, vos, che.

Las niñas corren hacia una mujer joven y hermosa. Pintada de guerra. De rojo. De negro. De dientes y garras. Armada. Se abraza a sus hijas. Se funden. Hacen una montaña que se hace un manantial que baña un monte de helechos y colibríes y yacarés y ranitas azules y vuelven a ser una madre con sus dos hijas y rugen tigras. Antonio las ve. Las escucha. Como escucha a los árboles. Trabajan bajo la tierra. Sacan agua del río para cubrirse. Igual se marchitan. El fuego es. Es el fuego que Antonio temió siempre. Llegó, está llegando. Los monitos le gritan. Roja le ladra.

Quémase, ahora, el mundo, tía: éntrale el fuego a la tierra, alargamos nuestras raíces al río para inundarnos, para apagarlo, para respirar. Es rojo sobre negro y negro sobre rojo y aullamos, arrojámonos sobre los hombres, destilamos los venenos más exquisitos. Las sierpes se hunden en nuestras entrañas, muérdennos, dánnos lo suyo. Nuestras raíces se erizan de sus colores y reptan, se estremecen. Empero soy un hombre, querida, quiero mi espada, mi arcabús, mi puntería implacable. He de matar como hombre. Pídole a la selva que libéreme. Pídole al bosque, al espíritu mayor de los árboles que, debieras verla, tía, es una mujer centellante con cabello de hojas y cuerpo marrón como madera, pero de carne y ojos de árbol, más verdes que los picos de Europa. Me acaricia, tía, no respóndeme, abrázanos a todos, a este pesebre que somos los animales míos y yo. El fuego le entra a la tierra por las raíces, le quema las entrañas. Me quemo, tía, pídele a Dios que perdone mis pecados. Padre nuestro, reza conmigo, que estás en los cielos, santificado…

—¡Antonio, che!

La yaguaretesa que lo interrumpió salta sobre un hombre armado. Antonio no lo había visto. Lo mata, la tigra, como hacen las tigras: le muerde el cuello, lo sacude, lo quiebra. Y listo. Se acabó el hombre. Matan piadosamente los yaguaretés, en un instante. Otro salto y tiene sus fauces ensangrentadas sobre su cara. Late entero, Antonio, de pánico.

—Despertate, vos, che.

—¿Mitãkuña?

—No, che, el rey de España soy, vos. Despertate.

—Mitãkuña, has vuelto, querida niña.

Antonio la abraza. Es enorme la niña. Su cuello fuerte como una montaña. Le lame la cara.

—Vamos, che.

Vuelve a lamerle la cara, las manos. Lo despierta.

—¿Qué está sucediendo, niña?

—La guerra, che. Vení conmigo. Vamos todos.

Antonio se yergue arcabús en mano. Roja, Tekaka y Kuaru muestran los dientes. Mitãkuña avanza hacia lo más frondoso de la selva, que se abre a su paso y detrás de ella se cierra. Escuchan los gemidos, el crepitar. Respiran el humo. Se internan más. Llegan a una laguna turquesa de lecho de piedra negra. La surcan dorados de metal diríase. En el lugar de las aletas tienen filos de bronce. En la orilla, una legión de hombres árboles. Unos mil, cree Antonio. Él mismo está siendo cubierto por hojas. Brotando en flores. Mojado, todo mojado. Cubierto por un aire de árbol.

—Andá a pelear, che, vos. Mandalos a estos.

—Sí, mi niña, voy.

—Rohayhu, che.

—Rohayhu, Mitãkuña, niñita.

Antonio grita y le sale una lengua de árbol, un viento. Todos sus hombres y él mismo hacia la dirección de las ramas. El fuego. Los animales con las bocas calcinadas en un aullido desesperado, eterno. Los hombres de alfombra. Las cenizas. Han matado un pedazo de selva. Y siguen llegando. El río se está alzando. Ruge como una tormenta que fuera a ahogar la tierra entera. Se pliega. Le ven las entrañas de roca negra. Los peces se alzan en el bucle. Los yaguaretés en la punta más alta de la ola gigantesca. Los indios en todas partes. Leche y Orquídea han vuelto, y han vuelto gigantes, están al frente de una manada de caballos salvajes. Los hombres árboles detrás de ellos.

Suben alto, alto. Y se desploman. Y el agua vuelve al agua. Con pedazos de hombres blancos: a los que no se ahogan, los indios los matan. Los dorados los cortan. Los hombres árboles los estrangulan con sus lianas. Corren, los que quedan. No son más de cien. Las mujeres indias los acorralan. Con ayuda de dos yaguaretesas grandes como barcos, los meten en una cueva. La sierra arroja una roca y la cierra. Ahí adentro están. Los pájaros vuelven. Las sierpes salen de las entrañas de la tierra.

Un agujero yerto ve el jote. Y un montón de comida carbonizada.

—Despertate, che, vos.

Antonio está perplejo: es Mitãkuña. En dos pies, sin pelaje. Tan pequeña como siempre. Huele a quemado. Pero él está pegado a la tierra.

—Antonio, che.

—Mitãkuña, la batalla.

—Ganamos, vos.

—¿Los matamos a todos?

—A casi todos, pero vos no, che. Acá estuviste.

—No. Luché con los hombres árboles, niña.

—Nahániri, che. Te cuidamos.

—Sí.

—Me tengo que ir, vos.

—¿Qué haréis con los que quedan vivos?

—Los pusimos en la selva que quemaron, vos. La dejaron sin agua, sin sombra, sin animales. Todo ceniza, che.

—¿Morirán?

—No sé, vos. Por ahí comen ceniza.

—¿Me llevas?

—Nahániri, che. Pero soy cerca tuyo. Siempre, vos.

Un rugido agita las hojas. Los pájaros huyen graznando. Las serpientes trepan a los árboles. Antonio no la ve, pero es Michĩ, tan pequeña como siempre, abriendo su boquita. Llamando a su hermana.

—Que te diga rohayhu, dice Michĩ. Y que me apure. Me tengo que ir.

Mitãkuña se arroja sobre él. Lo abraza fuerte. Antonio también abraza el cuerpito frágil de su niña. Se le caen unas lágrimas. Ella se las limpia de un lengüetazo. Para cuando Antonio puede abrir los ojos, la criatura se está parando. Se yergue inmensa. Solar. Yaguaretesa. Vuelve a lamerlo y se va. Cuando ya casi se la come el follaje, se da vuelta para mirar a Antonio: ha florecido y lo liba un colibrí. El calor naranja de Kuaru y Tekaka en su copa y de Rojita ovillada en un hueco de sus raíces. El jote que se posaba en sus ramas desaparece en la luz de una estrella que surca veloz el cielo del mediodía. Se le ven los colmillos a Mitãkuña. Se ríe.

Agradecimientos

Al *Ayvu Rapyta* de los Mbyá-Guaraní, el más hermoso relato de origen que yo haya leído. Lo reescribí con respeto, amor, admiración y el deseo de que su cosmovisión vitalista nos contagie.

A la autobiografía de Catalina de Erauso, uno de los orígenes de esta novela. Y de algunos de sus párrafos.

A la crónica de Antonio Pigafetta, por los tramos del mar.

A Susana Thenon, Alejandra Pizarnik, Mary Oliver, José Watanabe, Juan L. Ortiz, Susana Villalba y Shakira. Por alumbrar. Y por el baile.

A Miguel de Cervantes y Francisco de Quevedo, por el placer de citarlos.

A Reynaldo Arenas y João Guimarães Rosa, por sus *El mundo alucinante* y *Gran Sertón: Veredas.*

A mi editora, Ana Laura Pérez, porque en diálogo con ella está escrito este libro.

A Sandra Pareja, por su confianza, sus lecturas y por llevarme de paseo en todas partes.

A Paula Rodríguez, por sus lecturas agudas y las cenas de repente.

A Natalia Brizuela, por sus lecturas generosas. Incluyendo las que me hace descubrir.

A Carolina Cobelo, por leer este manuscrito cincuenta veces amorosamente. Y por ayudarme con la canción de Mitãkuña.

A Emilio White, porque me llevó a conocer la selva como nadie más hubiera podido llevarme. A Pilar Cabrera, por la tatatiná del Paraná y las charlas.

A Gabriela Borrelli Azara, por sus lecturas, los poemas y la risa.

A Mariana Zinni, por la generosidad en compartirme su erudición.

A Laura Pensa, también por compartirme su erudición. Y por los fideos caseros.

A Victoria Patience, por sus devoluciones minuciosas y por animarme a ir a la selva.

A Iliana Franco, por la revisión y corrección del guaraní.

A Sylvia Nogueira, por los latines.

A Mario Castells, por el mundo yopará.

A Eider Rodríguez, por la mirada euskera.

A Gabriela Fernández, por el entrenamiento. Y el parque con los perros siempre.

A Hayao Miyazaki, por la ternura y hermosura a pesar de toda muerte.